변강쇠전

천하 잡놈 강쇠와 과부 팔자 옹녀가 만났으니

국어 시간에 고전 읽기

21

변강쇠전

천하 잡놈 강쇠와 과부 팔자 옹녀가 만났으니

전국국어교사모임 기획· 김현양 글· 홍지혜 그림

Humanist

'국어시간에 고전읽기' 시리즈를 펴내며

고전을 읽어야 한다는 가르침은 어릴 때부터 귀가 따가울 만큼 들었다. 그러나 몸소 이를 따르는 사람은 흔치 않다. 종종 고전을 가까이하는 사람들이 있는데 이들은 대체로 삶을 헛되이 보내지 않고 훌륭한 일을 이루어 세상에 뚜렷한 이름을 남겼다. 고전 안에 그만큼 값진 속살이 들어 있기 때문이다.

고전이 이처럼 깊은 가치를 지녔는데 어째서 고전을 읽는 사람은 흔치 않을까? 아마도 고전이 사람을 쉽게 끌어당겨 주지 않기 때문일 것이다. 고전은 우리에게 섣불리 손짓을 하지도, 눈웃음을 치지도 않는다. 고전은 끈기를 가지고 파고들어 오는 사람에게만 마지못한 듯이 웃음을 지으며 속내를 털어놓는다. 고전은 요즘보다 훨씬 무뚝뚝하던 옛날에 이루어진 삶이며 글이기 때문이다.

그래서 우리는 청소년들이 고전을 즐겨 읽을 수 있도록 마음을 다했다. 뻣뻣하고 까칠한 고전을 달래서, 부드럽고 친절하게 청소년을 끌어당기도록 손을 쓰고 공을 들였다. 멋없이 무뚝뚝하던 고전을 정성껏 매만져서 두 팔을 활짝 벌리고 청소년들을 끌어안을 수 있도록 탈바꿈했다.

고전은 이제 온전히 겉모습을 바꾸어 청소년들을 맞이할 것이다. 자칫 속살까지 탈바꿈한 것처럼 보일지 몰라도 책을 읽다 보면 예스러운 고전의 맛과 멋을 한껏 느낄 수 있을 것이다. 우리는 무엇보다도 고전이 고전다운 속내와 뼈대를 온전하게 지니도록 하는 데 힘을 쏟았다.

고전은 시공간을 뛰어넘고, 나라와 겨레를 뛰어넘어 세상 모든 사람에게 큰 울림을 준다. 《시경》, 《탈무드》, 《오디세이아》, 셰익스피어와 괴테의 작품이 세상 모든 이에게 가르침을 주듯이, 우리의 고전도 모든 이에게 값진 가르침을 줄 것이다. 가르침이 서로 다르기는 하지만 높낮이가 있는 것은 아니다. 그러므로 세상 고전을 두루 읽어야 하는 것이나, 우리는 우리네 고전부터 읽는 것이 마땅한 차례다.

이런 뜻으로 전국국어교사모임에서 '국어시간에 고전읽기' 시리즈를 펴낸 지 십 년이 되었다. 누구나 두루 즐기며 읽을 수 있도록 쉽게 풀어 쓰고 맛깔나고 재미있는 작품으로 재창조하려고 무던히도 애썼다. 다행히도 많은 독자로부터 분에 넘치는 사랑을 받았고, 우리 고전을 가까이하고 즐기는 청소년들이 많이 늘어 고마울 따름이다.

지난 십 년처럼 묵묵하게 이 시리즈를 이어 갈 생각으로 첫 마음을 되새기며 글과 그림을 더하고 고쳐 좀 더 새로운 얼굴의 우리 고전을 세상에 다시 내놓으려 한다. 이 책을 통해 우리 청소년들이 풍성하고 가치 있는 고전의 바다에 풍덩 빠질 수 있기를 기대해 본다.

2012년 11월

전국국어교사모임

《변강쇠전》을 읽기 전에

먼저 이 책의 제목에 대해 말해야겠습니다. 처음에는 책 제목을 《변강쇠가》로 하려고 했습니다. 판소리 창으로 불렸던 이 이야기의 제목이 원래 〈변강쇠가〉였기 때문입니다. 그런데 편집부에서 이 시리즈의 다른 책들이 《○○○전》으로 되어 있으니, 《변강쇠전》으로 하면 어떻겠느냐고 물어 왔습니다. 처음에는 망설였지만, 이것저것 따지고 살펴보니 《변강쇠전》으로 하는 것이 더욱 온당하다는 생각을 하게 되었습니다.

그 이유는 이렇습니다. 이 이야기는 원래 판소리의 사설이었지만, 지금은 판소리로 불리지 않습니다. 눈으로 읽고 보는 텍스트가 된 것이지요. 판소리 문학 중에 소리로 불리지 않고 눈으로 읽고 보는 텍스트는 따로 판소리계 소설이라 분류해 그 제목을 《○○○전》이라고 합니다. 그러니 《변강쇠가》가 아니라 《변강쇠전》이 맞는 것이지요. 또한 이 책은 원 텍스트를 좀 더 쉽게 읽을 수 있도록 다시 쓴 것입니다. 판소리로 부르는 사설과는 더욱 멀어지게 되었으니 《변강쇠가》라 하기 곤란하게 된 것이지요.

《변강쇠전》은 우리나라 사람들에게 비교적 널리 알려진 작품입니다. 주인공인 변강쇠와 옹녀는 《변강쇠전》보다도 더 알려져 있지요. 《변강쇠전》은 몰라도 변강쇠와 옹녀는 알고 있는 경우가 있으니까요. 그런데 《변강쇠전》을 실제로 읽은 사람은 많지 않습니다. 어른들이 읽을 수 있는 책으로 나온 것도 그리 오래되지 않았으며, 청소년들이 읽을 수 있는 책은 아예 나오지 않았습니다.

그렇기에 사람들은 제대로 알지 못한 채 《변강쇠전》에 대해, 변강쇠와 옹녀에 대해 말하곤 합니다. 그 대표적인 예가 《변강쇠전》을 음란한 이야기인 줄로만 알고 있는 것이며, 변강쇠를 '정력이 센 남자', 옹녀를 '음탕한 여자'로만 알고 있는 것입니다. 물론 《변강쇠전》에는 그런 면이 있습니다. 《변강쇠전》이 일찍 간행되지 못한 것도 그 때문입니다. 하지만 《변강쇠전》은 음란 일색인 그런 작품이 아닙니다. 변강쇠와 옹녀 또한 성적인 욕망에만 빠져 있는 인물로 그려져 있지 않습니다. 《변강쇠전》에는 '음란함' 말고 다른 읽을거리가 있습니다. 그것을 읽어 내는 것이, 우리가 해야 할 일입니다.

《변강쇠전》을 청소년 대상으로 다시 쓰면서 쉽게 읽을 수 있으면서도 가능한 한 원 텍스트에 충실하게 옮기려고 애썼습니다. 하지만 어쩔 수 없이 심하게 축약하거나 뺀 부분이 있습니다. 특히 아쉬웠던 점은 강쇠와 옹녀가 진하게 사랑을 나누는 대목입니다. 청소년들이 어린아이가 아니기에 그대로를 보여 주려고도 했으나, 결국 그렇게 하지는 못했습니다. 금기 아닌 금기를 넘어서기까지 아직도 시간이 필요한 것 같습니다.

2016년 1월

김현양

차례

이야기 속 이야기

청석관에서 만났을 적에

백년해로하자더니

황천객 되어 혼자만 가니

하룻밤 꿈처럼 허망하다.

쫓겨나는 옹녀

근래에 아주 이상한 일이 있었다. 평안도 월경촌에 곱고 예쁜 옹녀라는 계집이 있었는데, 그 모습은 이러했다.

귀밑머리 밑에는 이월의 복숭아꽃이 반쯤 피어 어리었고, 초승달 같은 눈썹 사이에 달빛이 비치었다. 앵두 같은 입술은 고운 비단에 붉은 물감 머금은 붓을 꾹 찍어 놓은 듯하고, 가는 허리는 봄바람에 흐늘거리는 수양버들 같다. 찡그리며 웃는 것과 말하며 걷는 태도는 서시와 포사라도 따를 수가 없다. 하지만 젊어서 과부가 될 팔자라서 상

- **월경촌**(月景村) 여성의 생리 현상인 월경(月經)에 빗댄, 꾸며 낸 마을 이름.
- **서시**(西施) 중국 춘추 시대 월나라의 미인. 월나라 왕 구천은 오나라에 나라를 빼앗기자, 서시를 오나라 왕 부차에게 보냈다. 부차는 서시의 미모에 반하여 나랏일을 돌보지 않다가 마침내 구천에게 나라를 빼앗겼다.

부살이 겹겹이 쌓였기에, 남편이 죽어 나가기를 징글징글하고 지긋지긋하게 콩 주워 먹듯 했다.

열다섯에 얻은 서방은 첫날밤에 서로 껴안고 놀다가 죽고, 열여섯에 얻은 서방은 성병에 걸려 죽고, 열일곱에 얻은 서방은 문둥병에 죽고, 열여덟에 얻은 서방은 벼락 맞아 죽고, 열아홉에 얻은 서방은 천하에 도적놈으로 포도청에 잡혀가서 죽고, 스무 살에 얻은 서방은 약을 먹고 죽으니, 서방이라면 생각하기도 싫고 송장 치기도 신물이 난다.

- 포사(褒姒) 중국 주나라 유왕이 총애했던 비.
- 상부살(喪夫煞) 남편을 여의고 과부가 될 흉한 살.
- 서방(書房) 남편을 낮게 이르는 말.

이삼 년씩 걸러 가면서 서방 초상을 치르더라도 소문이 흉악할 텐데, 한 해에 하나씩 초상을 치른다. 이것은 남이 아는 기둥서방, 그 나머지는 몰래 간통한 서방, 은밀하게 정만 준 사내, 잠깐 안아 본 사내, 빨리 안아 본 사내, 입 한번 맞춘 놈, 젖 한번 쥐어 본 놈, 눈으로만 안아 본 놈, 손 만져 본 놈, 심지어 치맛귀에 닿을 듯 얼른 한 놈까지 죽어 나가는데, 한 달에 열을 넘겨 일 년에 백칠십 명, 윤달이 든 해면 이백 명도 더 된다.

어떻게나 싹 쓸었던지 삼십 리 안팎에 상투 올린 사내는 고사하고 열다섯 넘은 총각도 없어, 계집이 밭을 갈고 처녀가 집을 지으니 황해도와 평안도, 두 도의 관가에서 의논한다.

"이년을 그냥 두었다가는 우리 두 도 안에 남자는 모두 없어지고 여자 천지가 될 터이니, 쫓아낼 수밖에 다른 수가 없다."

두 도가 함께 집을 헐어 내고 동네 밖으로 쫓아내니, 옹녀가 하릴없이 쫓겨 나온다. 물건을 보자기에 싸 옆에 끼고, 동백기름 듬뿍 발라

머리를 곱게 빗은 후 산호 비녀 찌르고, 나들이할 때 쓰는 장옷을 겨드랑이 밑으로 걸어서 매고, 행똥행똥 나오면서 혼자 악을 써 댄다.

"어허, 인심 참 흉악하다. 황해도, 평안도 아니면 살 데가 없을까. 삼남 사내들은 더 좋다더라."

- **기둥서방** 기생이나 몸 파는 여자들의 영업을 돌보아 주면서 얻어먹고 지내는 사내.
- **윤달** 윤년(閏年)에 드는 달. 달력의 계절과 실제 계절의 차이를 조절하기 위하여, 1년 중의 달수가 어느 해보다 많은 달을 이른다.
- **장옷** 여자들이 나들이할 때에 얼굴을 가리려고 머리에서부터 길게 내려 쓰던 옷.
- **행똥행똥** 가볍게 까부는 모양.
- **삼남**(三南) 충청도·전라도·경상도를 통틀어 이르는 말.

옹녀와 강쇠, 부부가 되다

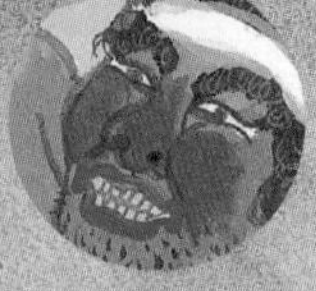

변강쇠라 하는 놈은 천하의 잡놈인데, 삼남에서 빌어먹다 황해도와 평안도로 가는 길에 청석관 좁은 길에서 옹녀를 만났다.

음탕한 계집년이 힐끗 보고 지나가니, 엉큼한 강쇠 놈이 다정히 말을 묻는다.

"여보시오, 어디로 가시는 거요?"

숫처녀 같으면 핀잔을 하든지 못 들은 체하고 가려마는, 이 사내를 밝히는 계집은 애교를 부리며 고운 목소리를 내면서 말한다.

"삼남으로 가오."

강쇠가 연거푸 묻는다.

"혼자 가시오?"

"혼자 가오."

"고운 얼굴, 젊은 나이인데 혼자 가기 무섭겠소?"

"내 팔자 기구하여 서방 잃고 자식도 없으니, 나와 함께 갈 사람은 그림자뿐이라오."

"어허, 불쌍하오. 당신은 과부요 나는 홀아비니, 둘이 살면 어떻겠소?"

• **잡놈** 행실이 나쁜 남자를 욕하여 이르는 말.
• **청석관**(青石關) 개성에서 서북쪽으로 십여 리 되는 곳의 골짜기. 경기도와 황해도의 경계 지역.

"내가 남편 죽기 신물이 난 사람이오. 남편을 다시 얻고자 하면 궁합을 먼저 볼 것이오."

"같은 성끼리는 혼인을 하지 않는다고 하니, 성씨가 무엇이오?"

"옹가요."

"예, 나는 변가인데 궁합을 잘 보기로 삼남에 유명하오. 태어난 해를 말해 보시오."

"갑자년에 태어났소."

"예, 나는 임술년에 태어났소. 갑자생과 임술생, 궁합을 보니 궁합이 매우 좋소. 하늘에서 정해 준 짝이오. 오늘이 짝 짓기 좋은 날이니, 오늘 당장 혼인합시다."

옹녀가 허락한 후에 청석관을 처가로 알고, 둘이 손길 마주 잡고 바위 위에 올라가서 첫날을 지내는데, 신랑 신부 두 연놈이 경험이 많으니 이런 야단이 없다. 멀쩡한 대낮에 연놈이 홀딱 벗고 장난한다.

"하늘이 땅보다 먼저라고 하니 낭군 먼저 업으시오."

옹녀가 말하니, 강쇠가 옹녀를 업고 가끔가끔 뒤돌아보며 〈사랑가〉를 부르며 어른다. 한참을 어르더니 옹녀를 썩 내려놓으며 강쇠가 문자를 쓴다.

"여필종부라고 하니 자네도 날 좀 업소."

옹녀가 강쇠를 업고 슬금슬금 까불면서 〈사랑가〉를 부른다.

- **궁합**(宮合) 혼인할 남녀의 사주를 오행에 맞추어 보아 부부로서의 좋고 나쁨을 알아보는 점.
- **여필종부**(女必從夫) 아내는 반드시 남편을 따라야 한다는 말.

두 연놈이 이렇게 장난하니, 재미있는 그 노릇을 한두 번만 할 수 있겠나? 처갓집에 가서 밤에 한 번 신방 차리는 일을 그날에 두 번 세 번 다한 후에, 살림살이 살 걱정하며 둘이 앉아 의논한다.

"우리처럼 놀기 좋아하는 사람들은 궁벽하고 가난한 시골 마을에서는 살 수 없으니 도회지에서 살림을 차립시다."

"내 생각도 그렇소."

두 연놈이 손목 잡고 원산, 강경, 포주, 법성포 등 여러 도회지 곳곳을 찾아다닌다.

옹녀가 병에다 술을 담아 파는 등 닥치는 대로 장사를 하고, 날품을 파는 등 가리지 않고 일을 해 애를 써서 돈을 모아 놓으면, 강쇠란 놈은 윷놀이, 골패, 투전, 장기 등 온갖 노름, 온갖 내기, 온갖 놀이로 허망하게 날려 버린다. 게다가 남의 재물을 강탈하고 주먹질을 일삼으며, 옷과 세간을 모두 전당 잡혀 술로 탕진하고, 옹녀를 의심하여 때리며 밤낮으로 싸우자고 하니, 암만해도 살 수가 없다.

하루는 옹녀가 강쇠를 달래려고 말한다.

"당신 성격으로 도회지 살림을 하다가는 돈을 모으기는커녕 남의 손에 죽을 것이오. 그러니 깊은 산골짜기로 들어가 사람 없는 곳에서 밭이나 일구어 먹고 땔감이나 구해 때면, 노름도 못할 것이요 강짜도 안할 테니 산중으로 들어갑시다."

강쇠가 대답한다.

"그 말이 참으로 옳소. 십 년을 굶는다 해도 남의 계집을 보면서 눈웃음치는 사내놈만 보지 않는다면 내일 죽어도 여한이 없네. 동쪽 금강산은 돌산이라 나무가 없어 살 수 없고, 북쪽 묘향산은 추운 곳이라 눈이 쌓여 살 수 없소. 서쪽 구월산이 좋다고는 하나 도적이 많은 곳이라 살 수 없소. 남쪽 지리산이 땅이 기름지고 먹고살기 좋다고 하니 그리로 갑시다."

• **전당(典當)** 기한 내에 돈을 갚지 못하면 맡긴 물건을 마음대로 처분해도 좋다는 조건하에 돈을 빌리는 일.

옹녀와 강쇠, 지리산으로 들어가다

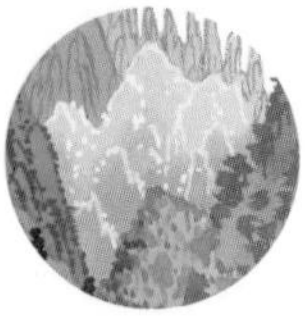

살림살이를 짊어지고 지리산을 찾아가니 첩첩산중 깊은 골짜기에 빈 집 한 채가 서 있다. 옹녀와 강쇠가 가까이 가서 보니, 임진왜란 때 어떤 부자가 피란 와서 이 집을 지었는지, 기와집인데 제법 크다.

안으로 들어가서 보니 사람이 살지 않은 지 오래되었던지, 흉가로 비어 있어 귀신이 나올 것 같다. 잡초만 거칠게 우거진 뜰에는 살쾡이와 여우의 발자국만 남아 있고, 깊은 뒤꼍에서 들리는 것은 부엉이와 올빼미의 울음소리뿐이다.

강쇠 놈이 이 집을 보고는 매우 기뻐하며 말한다.

"내 팔자가, 시찰하러 간 곳마다 대접을 극진히 받는 사또 팔자로구나! 쓸쓸하고 적막한 이 산중에 나 올 줄을 뉘가 알고, 이렇게 좋은 기와집을 지어 놓고 기다렸나!"

부엌에 솥단지 걸고, 방도 쓸어 자리 펴고, 낙엽을 긁어다가 저녁밥을 지어 먹고는, 밤새도록 뒹굴뒹굴 두 연놈이 껴안고 놀기만 한다. 강쇠는 평생 동안 일이란 것을 해 본 적이 없는 놈이라, 낮이면 잠만 자고 밤이면 배만 타니, 옹녀가 할 수 없어 불쌍한 듯 가여운 듯 여겨 정답게 말을 한다.

"여보시오, 낭군은 들으시오. 사람마다 하늘이 내린 일이 있어 위로는 하늘을 섬기고 아래로는 처자식을 먹여 살린다고 합니다. 하지만 낭군 신세 생각하니 어려서 못 배운 글을 지금 배울 수도 없고, 손재주가 없으니 장인 노릇도 할 수 없고, 밑천이 없으니 장사라도 할 수 있겠소?

할 수 있는 일이란 오직 막노동밖에 없으니, 이 산중에서 살아가려면 산중에 밭을 많이 일궈 콩, 기장, 조, 담배 심고, 검불, 낙엽, 잔가지를 긁어모으고 나무를 많이 해 와 집에서 때고, 때고 남은 장작은 장에 지고 가서 팔면 우리 두 사람 먹고살기는 넉넉할 것이오. 건장한 저 몸으로 밤낮으로 하는 일이 잠 자기와 그 짓거리뿐이니, 굶어 죽기 고사하고 우선 얼어 죽을 것이오. 오늘부터 지게 지고 나무나 하여 오소."

강쇠가 픽 웃으며 말한다.

"어허! 참으로 허망하다. 명마가 다리 부러지면 왕십리 거름을 싣고, 기생이 잘못되면 길가에서 술장사를 한다는 말을 남의 말로 들었더

• **밤이면~타니** 옹녀와 사랑을 나눈다는 뜻.

니, 나 같은 천하의 오입쟁이에게 나무 지게를 지라는 말인가? 하지만 다른 사람의 말이라면 모르겠으나, 자네 말이니 어찌 가지 않을 수 있겠는가."

강쇠가 나무하러 나간다. 원래 근본도 없는 사람인 데다 동네에 빌릴 데도 없으니 복건 쓰고 도포 입었을 리가 있나. 포구 근방의 시장판에서 이리저리 정신없이 돌아다니던 차림새라. 갓망건을 아무렇게나 쓰고 무늬 없는 두루마기 걸치고 때가 살짝 묻은 버선 신고 남색 대님 매고 새 미투리 맵시 있게 들멘 후에, 낫과 도끼 들게 갈아, 점심

구럭에 함께 묶어서 지게 위에 모두 얹어 한 어깨에 둘러메고, 긴 담뱃대 붙여 물고 나무꾼 모인 곳을 어슬렁어슬렁 흥얼대며 찾아간다. 그래도 한때는 기생집에 들락거렸는지라, 흥얼대는 소리가 여느 나무꾼과는 조금 다르다.

- **오입쟁이** 아내가 아닌 사람과 성관계를 갖는 사람을 낮잡아 이르는 말.
- **복건(幅巾)** 도포에 갖추어서 머리에 쓰던 건(巾). 검은 헝겊으로 위는 둥글고 뻬죽하게 만들었으며, 뒤에는 넓고 긴 자락을 늘어지게 대고 양옆에는 끈이 있어서 뒤로 돌려 매게 되어 있다.
- **도포(道袍)** 예전에, 통상예복으로 입던 남자의 겉옷. 소매가 넓고 등 뒤에는 딴 폭을 댄다.
- **구럭** 새끼 따위로 그물처럼 떠서 무엇을 넣도록 만든 물건. 망태기.

장작이 되어 버린 장승

이때에 함양군 마천면 백모촌에 여러 나무꾼 아이들이 나무하러 몰려와서 지게 목발 뚜드리며 장난을 하는데, 한 놈이 〈방아 타령〉을 한다.

산에 올라 산전방아, 들에 내려 물방아,
여주 이천 밀따리방아, 진천 통천 오려방아,
남창 북창 화약방아, 각댁 하님 용정방아.
이 방아, 저 방아 다 버리고,
칠야삼경 깊은 밤에 우리 임은 가죽방아만 찧는다.
오다 오다 방아 찧는 동무들아,
방아 처음 내던 사람 알고 찧나 모르고 찧나.
경신년 경신월 경신일 경신시 강태공의 조작방아,

사시장춘 걸어 두고 떨구덩 찧어라,

전세대동이 다 늦어 간다.

또 한 놈은 〈산타령〉을 한다.

동 금강산 서 구월산 남 지리산 북 묘향산,

육로 천리 수로 천리 이천 리 들어가니,

탐라국이 생기려고 한라산이 둘러 있다.

정읍 내장산, 장성 입암산, 고창 반등산, 고부 두승산,

서해 수구 막으려고 부안, 변산 둘러 있다.

또 한 놈은 〈농부가〉를 한다.

- **밀따리방아** 늦벼인 밀따리를 찧는 방아.
- **오려방아** 오려는 올벼의 고어. 이른 벼인 올벼를 찧는 방아.
- **남창 북창 화약방아** 남창, 북창은 금위영과 어영청, 균역청에 딸린 창고. 그래서 화약 냄새 나는 화약방아라고 하는 것이다.
- **하님** 여자 종을 대접해 부르거나, 또는 여자 종들이 서로 높여 부르던 말.
- **용정방아** 곡식을 찧는 방아.
- **칠야삼경(漆夜三更)** 깜깜하고 어두운 한밤중.
- **가죽방아** 살가죽에 찧는 방아. 남녀의 성관계에 대한 은유.
- **경신년~조작방아** 방아를 만들 때 방아 등에 '庚申年(경신년) 庚申月(경신월) 庚申日(경신일) 庚申時(경신시) 姜太公造作(강태공조작)'이라 써서 나무귀신의 기세를 눌렀던 풍습에서 유래. 강태공은 중국 주나라 문왕의 스승으로, 무왕을 도와 천하를 평정케 했다.
- **사시장춘(四時長春)** 언제나 늘 봄과 같음.
- **전세대동(田稅大同)** 토지세에 준해 쌀, 무명 따위를 상납하던 제도.
- **수구(水口)** 명당에 흐르는 물이 흘러 나간 곳.

이씨 조선 태평 시절 도덕 높은 우리 임금
강구미복 동요 듣던 요임금의 버금이라.
네 다리 빼어라 내 다리 박자.
좌수춘광을 우수이.
여보소, 동무들아!
앞 남산에 소나기 졌다.
삿갓 쓰고 도롱이 입자.

또 한 놈은 〈목동가〉를 부른다.

갈퀴 메고 낫 갈아 가지고
지리산으로 나무하러 가자. 얼럴!
쌓인 낙엽 부러진 나뭇가지 긁고 주워,
얽어서 묶어 지고 해 지는 산길 내려올 제,
손님 보고 절을 하니,
품 안에 있는 산과 떡때글 다 떨어진다. 얼럴.
비 맞고 갈증 난 손님, 술집이 어디 있나.
저 건너 살구꽃 핀 마을을 손을 들어 가리키자. 얼럴.
뿔 굽은 소를 타고 피리를 불고 가니
유황숙이 보았으면 나를 오죽 부러워하리. 얼럴.

강쇠가 다 들은 후에 아무리 자기 신세를 생각해 보아도 어린 것들과 함께 나무를 할 수는 없다. 도끼를 빼어 들어 메고 이 봉우리 저 봉우리 다니면서, 그중 큰 나무는 한두 번씩 찍은 후에 나무의 내력을 말하며 제 스스로 저를 꾸짖는다.

오동나무 베자 하니 순임금의 오현금.
살구나무 베자 하니 공부자의 강단.
소나무 좋다마는 진시황의 오대부.
잣나무 좋다마는 한고조 덮은 그늘.
봄을 사랑하듯 홍도나무 사랑하옵고,
비 내려 깨끗하니 버드나무 좋을시고.
밤나무 신주감, 전나무 돛대 재목.
가시목 단단하니 각 영문 곤장감.
참나무 꼿꼿하니 배 짓는 데 재목감.

- **강구미복~요임금** 네거리에서 백성의 옷을 입고 아이들의 노래를 듣던 요임금. 요임금은 중국 고대 전설상의 임금이자 성덕을 갖춘 이상적인 군주로, 백성의 진실한 소리를 아이들의 노래를 통해 듣고자 했다.
- **좌수춘광**(左手春光)**을 우수이**(右手移) 왼손에 있던 봄볕을 오른손으로 옮김. 봄볕이 매우 빨리 지나감을 뜻한다.
- **도롱이** 짚이나 띠풀 따위로 엮어 허리나 어깨에 걸쳐 두르는 비옷.
- **산과**(山果) 산에서 나는 과실.
- **유황숙**(劉皇叔) 유비(劉備)의 별칭. 중국 삼국 시대 촉나라를 세웠다. 서남장에서 소를 타고 가며 피리를 부는 목동을 부러워했다고 한다.
- **오동나무~오현금** 순임금은 중국 고대 하나라의 2대 임금인데, 줄이 다섯인 오현금을 즐겨 탔다고 한다.
- **살구나무~강단** 공부자(孔夫子)는 공자를 높여 부르는 말. 강단(講壇)은 공자가 제자들을 가르쳤던 은행나무 아래, 즉 행단(杏壇)을 말한다.
- **소나무~오대부** 진시황이 태산(泰山)에 올랐다가 돌아오는 길에 소나무 아래에서 비를 피한 후, 그 소나무에 '오대부(五大夫)'의 벼슬을 내렸다.
- **한고조**(漢高祖) 중국 한나라를 세운 유방(劉邦).
- **신주**(神主) 죽은 사람의 위패. 주로 밤나무로 만들었다.
- **영문**(營門) 병마절도사가 있던 병영의 문.

쪽나무 오시목과 산유자 용목 검팽은
목수에게 좋은 나무이니 불 때기는 아깝도다.

이리지리 생각하니 벨 나무가 하나도 없다. 산중에 샘물 솟아나는 풍광 좋은 곳에 점심 구럭 풀어 놓고 든든하게 먹은 후에 부싯돌 얼른 쳐서 담배 피워 입에 물고, 솔 그늘 잔디밭에 돌베개를 베고 누워 시 한 귀 읊어 본다.

우연히 소나무 밑에 오게 되어
돌베개 높이 베고 잠이 들었네.

"이 시는 나를 두고 한 말이구나. 잠자리 참으로 좋다."

이렇게 말하고 잠이 드니, 코 고는 소리에 산중이 들썩들썩한다. 한숨 자다 보니 얼굴이 선뜻선뜻하다. 얼굴을 기울여 살짝 눈 떠 보니, 하늘에 별이 총총한데 이슬에 젖는구나. 천천히 일어나서 기지개 불끈 켜고 뒤통수를 두드리며 두런두런 혼잣말을 한다.

"요새 해가 이리 짧아도, 빈 지게를 지고 가면 계집년이 잔소리하며 방정을 떨겠지."

사방을 둘러보며 집으로 가는데, 길가에 장승 하나가 서 있다. 강쇠가 반가워하며 말한다.

"힘 안 들이고 벨 수 있는 좋은 나무가 저기 있구나! 해는 지고 갈 길은 먼데, 장작을 거저 얻었으니 참으로 좋을시고."

지게를 고쳐 지고 장승 있는 곳으로 급히 가니, 장승이 화가 나서 얼굴에 핏기를 올리고서 눈을 딱 부릅뜨고 서 있다. 강쇠가 장승에게 호령한다.

"네 이놈, 누구 앞에서 얼굴색을 바꾸고 눈을 부릅뜨느냐? 거칠고 포악하기로 남도에 이름난 변강쇠를 모르느냐? 마시장, 어시장, 사당패 놀이판, 씨름판에서 잔뼈가 굵은 이내 솜씨를 모르느냐? 먼저 배를 차고 다음에 뒷덜미를 치는 선취복장, 뒷덜미를 손으로 치는 후취덜미, 가랑이에 발을 넣어 내동댕이치는 가래딴죽 등 열두 권법을 모두 익혔으니, 장비의 용맹한 부하들이라도 모두 다 나를 당할 수는 없도다. 하물며 손발 없는 너란 놈이 어찌 나를 당해낼쏘냐."

강쇠는 달려들어 장승을 불끈 안더니 엇비스듬하게 돌려 쑥 빼내어 지게 위에 얹는다. 지게를 짊어지고 상여 나가는 소리를 부르며 제 집으로 돌아와서는 문 안에 들어서며 거들먹거리며 잘난 척한다.

"이 사람 옹녀, 거기 있나. 장작 나무 해 왔네."

장작을 뜰 가운데 턱 부리고 방문 열고 들어가니, 옹녀가 반기며

- **장승** 돌이나 나무에 사람의 얼굴을 새겨서 마을 또는 절 어귀나 길가에 세운 푯말. 10리나 5리 간격으로 이수(理數)를 나타내 이정표 구실을 하거나, 마을의 수호신 역할을 한다. 대개 남녀로 쌍을 이루어 한 기둥에는 '天下大將軍(천하대장군)', 또 한 기둥에는 '地下女將軍(지하여장군)'이라고 새긴다.
- **마시장** 말, 마구(馬具), 말먹이를 사고파는 시장.
- **사당패** 돌아다니며 노래와 춤, 잡기(雜技) 따위를 팔았던 유랑 극단의 하나.
- **장비(張飛)** 중국 삼국 시대 촉한의 무장. 자는 익덕(益德). 유비, 관우와 함께 도원에서 결의하고 왕인 유비를 섬겼던 용맹한 장수로, 후에 파서(巴西) 태수가 되었다.
- **상여(喪輿)** 사람의 시체를 실어서 묘지까지 나르는 도구. 10여 명이 메며, 길이가 길고 꼭지 있는 가마와 비슷하게 생겼다.

급히 나와 손목을 잡고 어깨를 주무른다.

"해가 저물 때까지 어찌 그리 늦었소. 평생 처음 나무하러 갔으니 오죽 애를 썼겠는가. 시장할 테니 밥부터 드십시다."

방 안에 불을 켜 놓고, 밥상을 차려 드린 후에 장작 나무 구경하러 불 켜 들고 나와 보니, 어떤 큰 사람이 뜰 가운데 누워 있다. 높은 벼슬을 했는지 사모관대를 갖추고, 방울눈, 주먹코에 긴 수염이 점잖아 보인다.

옹녀가 깜짝 놀라 뒤로 팍 주저앉으며 말한다.

"아이고! 이게 웬일인가? 나무하러 간다더니 장승 뽑아 왔네그려. 나무가 아무리 귀하다 해도 장승 패서 땐단 말은 생전 듣도 보도 못했소. 만일 패서 땐다면 목신이 노하고 부엌 신이 노해 목숨을 보전하지 못할 테니, 어서 급히 지고 가서 서 있던 자리에 도로 세우고 왼발을 구르며 주문을 외운 다음 다른 길로 돌아오소."

강쇠가 호령한다.

"집안의 일은 가장인 남정네가 알아서 하는 것이고 여편네는 가장이 하는 일을 보기만 하면 되는 것이지, 계집이 요망하게 그것이 무슨 소린가? 중국 진나라의 충신 개자추도 산에서 불에 타 죽었고, 한나라의 장군 기신이도 불에 타 죽었소. 사람이 불에 타 죽어도 아무 탈

- **사모관대**(紗帽冠帶) 벼슬아치들이 관복을 입을 때 쓰던 모자와 띠.
- **목신**(木神) 나무귀신.
- **개자추**(介子推) 중국 춘추 시대 사람. 진나라 문공이 그의 공을 잊어서 어머니와 함께 산에 숨어 살았으나, 뒤늦게 문공이 뉘우쳐 산에 불을 질러 나오도록 했지만 끝내 불에 타 죽었다.

이 없었는데, 나무로 깎은 장승 인형을 뽑아 와 패서 땐들 무슨 문제가 있겠나? 사람이 말하지 않으면 귀신도 모르는 법이니 요망한 말 다시 말게."

밥상을 물린 후에 도끼 들고 달려들어 장승을 쾅쾅 패서 군불을 많이 넣고는, 부부가 훌훌 옷을 벗고 〈사랑가〉로 농탕치며 서로 껴안고 사랑의 의식을 맛있게 하였구나!

* **기신**(紀信) 중국 한나라 고조 유방의 충신. 항우가 형양에서 유방을 포위했을 때 그를 대신해 죽었다.
* **농탕**(弄蕩) 남녀가 음탕한 소리와 난잡한 행동으로 놀아 대는 것.

장승과 장승 문화

질병과 잡귀로부터 마을을 지켜라!

강쇠는 나무를 해 오라는 옹녀의 말에 나무를 하러 갔다가, 장승을 뽑아 지게에 짊어지고 옵니다. 강쇠가 장승을 패서 불을 때려 하자 옹녀는 목신이 노한다고 말립니다. 하지만 강쇠는 옹녀의 말을 듣지 않고 장승을 패 불을 때고, 급기야 장승들에게 복수를 당해 온갖 병에 걸려 죽게 됩니다. 옹녀가 말했듯이 장승은 신성한 것으로 여겨졌고, 강쇠는 이 신성한 것을 함부로 여겨 죽음에 이르게 된 것입니다.

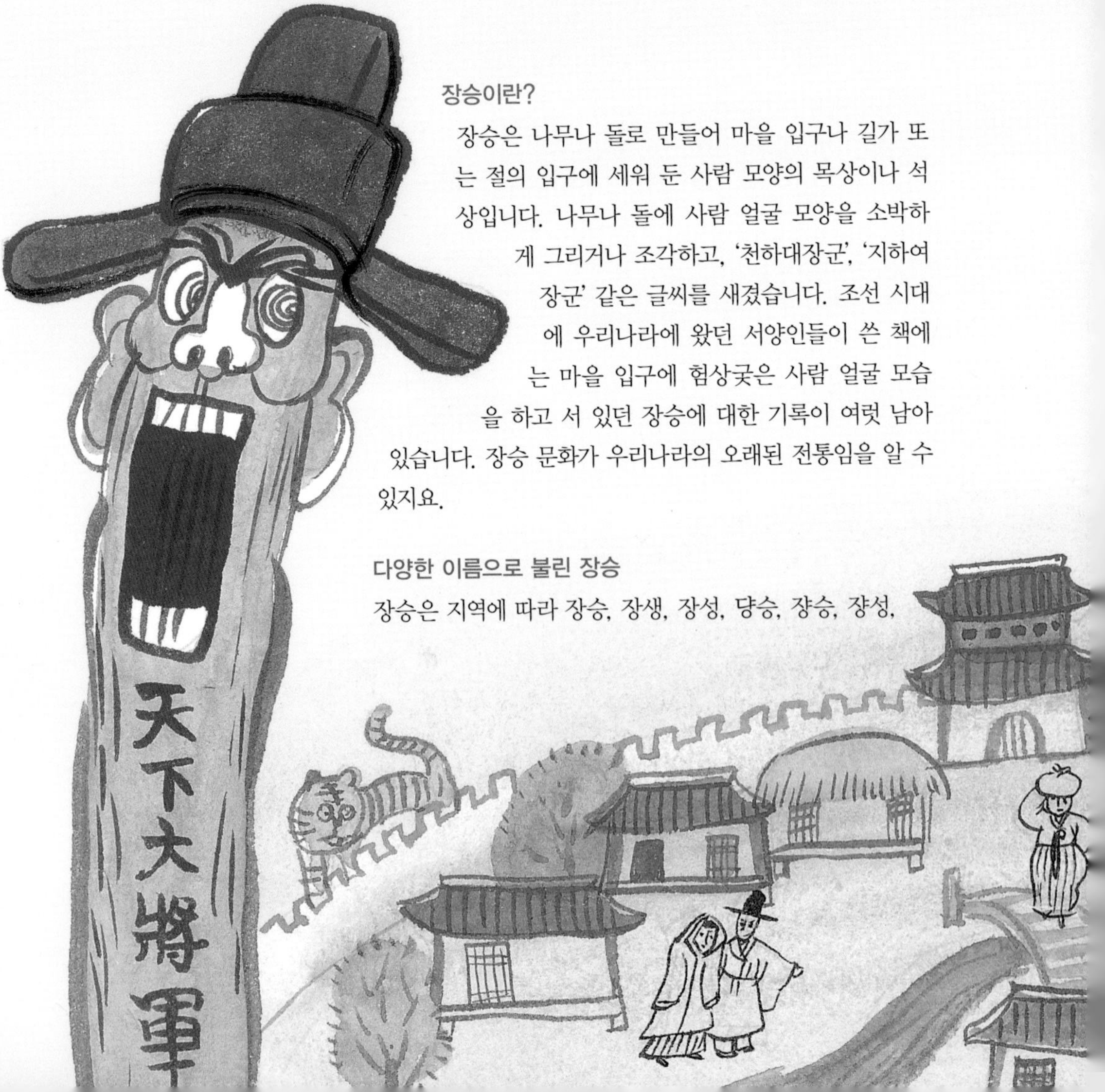

장승이란?

장승은 나무나 돌로 만들어 마을 입구나 길가 또는 절의 입구에 세워 둔 사람 모양의 목상이나 석상입니다. 나무나 돌에 사람 얼굴 모양을 소박하게 그리거나 조각하고, '천하대장군', '지하여장군' 같은 글씨를 새겼습니다. 조선 시대에 우리나라에 왔던 서양인들이 쓴 책에는 마을 입구에 험상궂은 사람 얼굴 모습을 하고 서 있던 장승에 대한 기록이 여럿 남아 있습니다. 장승 문화가 우리나라의 오래된 전통임을 알 수 있지요.

다양한 이름으로 불린 장승

장승은 지역에 따라 장승, 장생, 장성, 댱승, 쟝승, 장성,

마을 어귀의 장승.

법수, 벅수, 수구막이, 수살, 골막이, 장신, 거령신, 우석목, 돌하르방 등 다양하게 불리고 있습니다. 신라와 고려 시대에는 장생, 장생표주, 장생표, 황장생 등으로, 고려 후기부터 조선 시대까지는 장생, 장승 등으로 불렸다는 기록이 있습니다. 16세기에 이르러서는 대체로 장승으로 불리다가 1933년에 한글 맞춤법 통일안이 만들어진 뒤로는 '장승'이 표준말로 인정되어 지금까지 통용되고 있습니다.

마을의 수호신, 장승

장승은 오랫동안 마을 입구나 길에 서서 외부로부터 마을을 지키는 상징적인 기능을 했습니다. 전염병 같은 무서운 병으로부터 마을 사람들을 보호해 준다거나, 마을을 찾는 길손에게 마을의 위치를 알려 주는 반가운 이정표 구실도 했습니다. 그뿐만 아니라 마을 길을 고칠 때 경계를 나누는 기준점이 되기도 했으며, 때로는 개인의 소원 성취를 기원하는 신앙의 대상이기도 했습니다. 하지만 장승의 본래 임무는 마을 밖의 잡귀와 질병으로부터 마을을 지켜 주는 것이었습니다. 일종의 수호신이었지요. 이 수호신을 패서 불을 때려 했으니, 옹녀가 어찌 말리지 않을 수 있었겠습니까?

장승의 복수

이때에 지리산 장승이 강쇠를 만나 도끼 아래 조각나고 부엌 아궁이 속에서 재가 되니 오죽이나 원통했겠나!

의지할 곳이 없어 하늘을 떠돌며 울고 다니다가, 혼자 다녀서는 이 놈 원수 못 갚겠다 생각하고, 억울함을 하소연하고자 장승 우두머리에게 찾아갔다.

경기도 노량진 선창으로 대방 장승 찾아가서 문안드린 후에 억울한 사연을 아뢴다.

"저는 경상도 함양군 지리산에서 산길 지키던 장승으로, 백성에게 포악하게 한 적도 없으며 비바람도 피하지 않고 오로지 그곳에서 주어진 직분만을 성실하게 수행했습니다. 그런데 변강쇠라 하는, 우리나라에서 제일가는 오입쟁이 놈이 산중으로 들어와 죄 없는 저에게 공연히 달려들어 셀 수 없이 꾸짖고 욕하더니 저를 뽑아서 지고 제 집으로 갔습니다.

제 계집이 깜짝 놀라 갖다 도로 세워 두라고 말해도 이놈이 듣지 아니하고 도끼로 쾅쾅 패서 부엌 아궁이에 저를 화장했사오니, 이놈을 그냥 두어서는 한겨울에 장작감으로 근처의 장승들을 다 패 때어 화가 미치지 않는 데가 없을 것이옵니다. 이러한 사정을 깊이 헤아리시어 저의 원한을 풀어 주시고 후환을 막을 수 있도록 하옵소서."

대방 장승이 크게 놀라 말한다.

"이 일은 큰 변고이니, 가볍게 처리해서는 안 되겠다. 용인 사근내의 공원님과 수원 지지대의 유사님께 이 전갈을 알리고 모셔 오너라."

요사이 자주 소식을 전하지 못했습니다. 편안하게 잘 지내시지요? 경상도 함양 지리산 장승의 억울한 사정을 들으니 만고에 없던 변고이옵니다. 이 같은 일이 오늘날 생겼으니, 수고롭다 마옵시고 잠깐 이곳으로 오셔서 생각을 함께 모아 처리할 방법을 찾고자 하옵니다.

- **선창**(船艙) 물가에 다리처럼 만들어 배를 댈 수 있게 한 곳.
- **대방 장승** 우두머리 장승.
- **사근내**(沙斤乃) 현재 서울시 성동구 사근동.
- **공원**(公員) 조선 후기에 보부상 조합의 실무를 맡아보던 사람. 이를 장승의 조직 체계에 빗대어 붙였다.
- **지지대**(遲遲臺) 현재 경기도 수원시 장안구 파장동에 있는 고개. 조선 시대에 정조가 그의 아버지 묘를 참배한 후 떠나기가 아쉬워 천천히 갔다 해서 붙여진 이름이다.
- **유사**(有司) 단체의 사무를 맡아보는 직책.

함양 장승의 혼령이 급히 가서 두 군데에 전갈하니, 공원과 유사가 급히 와서 예를 갖춰 인사한다. 함양 장승이 원통함을 아뢴 내력을 대방 장승이 말하니, 공원과 유사가 묻는다.

"이 일은 우리 장승이 생긴 후로 처음 일어난 변고이오니, 장승 임원 셋만 모여 앉아 조용히 처리해서는 안 되옵니다. 전국 팔도의 장승을 다 모이게 해 함께 의논해 처리하는 것이 좋겠사옵니다."

대방 장승이 좋다고 하고 입에다 붓을 물고 통지문 넉 장을 쓱 하고 써 내니, 그 내용은 다음과 같았다.

> 토끼가 죽으면 여우가 슬퍼하고, 지초가 불에 타면 난초가 탄식하는 것은 세상의 떳떳한 이치로다. 지리산 산중에 사는 변강쇠가 함양 장승을 뽑아다가 도끼로 패서 화장했으니, 이놈의 죄는 만 번 죽여도 오히려 가볍도다. 이놈 죄상을 가볍게 처리할 수 없어 각 도의 장승 모두에게 이 통지문을 보내니, 이번 달 초 자정에 노량진 강가 선창에 모두 모여, 함양 장승을 애도하고 변강쇠 놈 죽일 꾀를 모아 보도록 합시다.

"통지문 한 장은 경기도 진관천의 장승이 맡아 경기도 삼십사 장승, 충청도 오십사 장승에게 전하도록 하고, 또 한 장은 경기도 고양 홍제원의 장승이 맡아 황해도 이십삼 장승, 평안도 삼십이 장승에게 전하도록 하고, 또 한 장은 경기도 양주 다락원 장승이 맡아 강원도 이십육 장승, 함경도 이십사 장승에게 전하도록 하고, 또 한 장은 경기도 수원 지지대의 장승이 맡아 전라도 오십육 장승, 경상도 칠십일 장승

에게 전하도록 하라."

귀신의 조화인데 오죽이나 빠르겠나! 바람같이 구름같이 순식간에 다 전했다.

조선에 있는 장승 하나도 빠짐없이 약속한 날 밤에 다 모이니, 노량진 새남터로부터 시흥 읍내까지 장승들로 빽빽하다. 장승의 절하는 법이 고개만 숙일 수도 없고 허리만 굽힐 수도 없어 사람으로 말하면 발 앞부리를 디디고 뒤축만 달싹하는 모양이었다. 일제히 절을 하고, 문안 인사를 한 후에 대방 장승이 회의를 시작한다.

"통지문을 읽어 보았으면 여러 장승을 함께 모이도록 한 이유는 알 것이오. 변강쇠가 지은 죄를 어떻게 다스릴지에 대해 의견을 말해 주시오."

함경도 단천 마천령 꼭대기에 서 있는 장승이 무리 속에서 앞으로 나오며 말한다.

"그놈의 식구들을 모조리 새남터로 잡아다가 목을 벱시다."

대방 장승이 대답한다.

"우리 장승이 귀신과 마찬가지라고 하지만 그 지역의 풍토를 따르는 것은 어쩔 수 없나 봅니다. 마천령 장승 하시는 말씀, 상쾌하기는 합니다. 하지만 이놈의 식구란 게 계집 하나뿐이고, 그 계집은 강쇠를 말렸다고 하니 죄를 줄 수 없는 것이요, 강쇠라 하는 놈도 순식간에 목을 베어 버리면 세상이 알 수 없어 뭇 사람들에게 경계가 되지 못할 것이니, 여러 장승님네는 다시 생각하옵소서."

압록강 가에 서 있는 장승이 나서며 말한다.

"옛 성인이 말씀하시되 네게서 나온 것은 네게로 돌아간다고 하셨으니, 우리 식구대로 그놈 집을 에워싸고 불을 확 지른 후에 못 나오게 하면, 그놈도 함양 장승같이 화장이 되오리다."

대방 장승이 대답한다.

"흉악한 그런 놈을 갑자기 불 지르면 제 죄를 모르고 도깨비의 장난인가 도적놈의 난리인가 의심을 할 테니 다시 생각하여 보시오."

해남의 관머리 장승이 말한다.

"대방님 하는 분부 구구절절이 지당하오. 그러한 흉악한 놈을 쉽사리 죽여서는 치욕을 씻지 못할 것이오. 그러하니 고생을 실컷 시켜, 죽자 해도 죽지 못하고, 살자 해도 살 수 없어, 한 달하고 열아흐레 동안 밤낮으로 볶이다가 험악하게 죽게 되면 장승 화장한 죄인 줄 저도 알고 남도 알아 쾌히 징계될 것이오.

우리 식구대로 병 하나씩 가지고 강쇠를 찾아가서 정수리부터 발끝까지 오장육부 구별 없이 새 집에 흙 바르듯이, 종이 만드는 곳에서 종이 걸듯이, 장판에 기름 먹이듯이, 왜관 목기에 옻칠하듯이 겹겹이 바르는 것이 좋을 듯하오."

대방 장승이 크게 기뻐하며 말한다.

- **새남터** 조선 시대에, 사형을 집행하던 곳. 서울 신용산의 철교와 인도교 사이에 있었으며, 천주교의 순교지로 유명하다.
- **마천령** 함경도의 남북을 경계 짓는 고개.
- **오장육부(五臟六腑)** 오장과 육부라는 뜻으로, 내장을 통틀어 이르는 말.
- **목기(木器)** 나무로 만든 그릇.

天
下
大

"해남 장승 하는 말씀 번잡하지도 시끄럽지도 않아 매우 좋소. 그대로 시행하되 조그마한 강쇠 놈에게 저리 많은 식구가 아무렇게나 달려들면 많은 데는 너무 많고 빠진 데는 틈이 생길 것이오. 그러니 머리에서 두 팔까지는 전라도와 경상도가 차지하고, 겨드랑이에서 볼기까지는 황해도와 평안도가 차지하고, 항문에서 두 발까지는 강원도와 함경도가 차지하고, 오장육부 배 속일랑 경기도와 충청도가 차지하여

팔만사천 털구멍 하나라도 빈틈없이 단단히 잘 바르도록 하시오."

팔도 장승들이 대방 장승의 명령을 듣고, 사냥 나온 벌 떼같이 몹쓸 병 하나씩 등에 지고, 함양 장승 앞장서서 강쇠에게 달려들어 각기 자기네 맡은 대로 병으로 도배를 한 연후에 다시 팔도 곳곳으로 흩어졌다.

강쇠의 죽음과 저주

강쇠가 장승을 패서 방 안이 덥도록 때고 그날 밤을 자고 일어나니 아무 탈이 없었다. 옆에 자고 있는 옹녀를 깨워 그 짓을 한판 질펀하게 하더니 호기롭게 말한다.

"장승을 패서 때면 목신이 노하고 부엌 신이 노해 목숨을 보전하지 못할 것이라더니 아무 탈도 없지 않소. 하루 이틀 쉰 후에 이 근방에 있는 장승을 하나씩 뽑아 오면 올봄은 나무할 걱정 안 해도 되겠소."

하루를 그럭저럭 지내고 그날 저녁 한참을 곤하게 자고 있노라니, 갑자기 온 집 안에 장승이 늘어서서 강쇠 몸을 한 번씩 건드리고 말없이 나간다. 강쇠가 깜짝 놀라 무슨 말을 하려고 해도 말이 안 나오고, 눈을 뜨려고 해도 꼭 붙어서 떠지지 않고, 온몸은 꽁꽁 동여맨 듯 여기저기 쑤시지 않는 곳이 없어 죽을 것만 같다.

날이 점점 밝아 옹녀가 잠을 깨어 강쇠를 보니 모습이 흡사 송장과 같은데, 신음 소리가 나는 걸로 보아 숨은 아직 끊어지지 않았다. 깜짝 놀라 옷을 입고 미음을 끓여 소금 간을 해 강쇠 입에 떠 넣으려 해도 이를 꽉 물고 있어 들어갈 수조차 없다. 온몸을 만져 보니 부스럼이 나 피고름이 맺혀 있는데, 냄새가 독해 코를 들 수 없을 지경이다.

강쇠의 병명을 대자고 하니 만 가지도 넘는다. 머리 아픈 풍두통, 편두통, 가래가 뭉친 담결통, 눈은 쌍다래끼에, 겉은 멀쩡한데 보이지 않는다. 귀는 소리를 못 듣는 이롱증에 이상한 소리가 들리는 이명과 귀에 고름이 맺히는 귀젖, 코는 콧구멍에 종기가 난 비창에 숨도 못 쉬고 냄새도 맡지 못하는 비색, 얼굴과 뺨, 입술에도 온갖 종기가 났다. 이는 시린 풍치, 썩은 충치에 입은 삐뚤어지고, 혓바닥에 검은 흑태와 흰 백태가 돋았고, 혀가 오그라들었다. 목구멍, 콧구멍도 종기가 나 막혔고, 양쪽 편도선도 모두 부었다. 아래턱과 위턱이 어긋나 이가 서로 맞지 않고, 목도 뻣뻣하고 아파 돌릴 수도 없으며 여러 개의 멍울이 잡혀 있다.

어깨는 아파서 잘 놀릴 수가 없고 팔까지 저리며, 갈비뼈 있는 곳이 결리고 아프다. 등에 종기가 나서 허리가 아프며, 가슴과 배가 땡기며 몹시 아프고, 배는 불룩 솟았고 몸은 퉁퉁 부었다. 온갖 성병에 걸려 불알이 붓고 아프고 볼기짝에도 종기가 돋았으며, 항문은 치질로 부어

• **미음(米飮)** 입쌀이나 좁쌀에 물을 충분히 붓고 푹 끓여 체에 걸러 낸 걸쭉한 음식. 흔히 환자나 어린아이가 먹는다.

오르고 피가 난다.

여름에도 몸이 덜덜 떨리는 학질, 몸이 붓는 수종, 발바닥에 티눈, 폐결핵의 일종인 담로, 술 먹고 체한 주체, 밥 먹고 체한 식체, 피부가 누렇게 되는 황달, 검게 되는 흑달, 배 속에 가스가 차는 고창, 설사하는 이질, 눈과 입이 돌아가는 중풍, 기침이 멈추지 않는 해수, 숨차는 헐떡증, 헛소리하는 섬어, 근육이 뒤틀리는 곽란, 미친 듯한 사증, 내장에 종기 나는 내종, 간장에 종기 나는 간옹, 염병, 광증, 울화, 조갈 등 그 병명을 이루 헤아려 말할 수가 없을 정도다.

강쇠가 참을 수 없을 정도로 온몸이 쑤셔서 구부리지도 젖히지도 못하고 뻣뻣이 누워 있으니, 옹녀가 겁이 나 복채 한 냥 품에 넣고 건넛마을 점쟁이인 송 봉사를 급히 찾아간다.

• 복채(卜債) 점을 쳐 준 값으로 점쟁이에게 주는 돈.

"봉사님 계시오?"

"게 누구요?"

"강쇠 지어미요."

"누구라고?"

"그 건장하던 지아비가 밤새 얻은 병으로 곧 죽게 되어 점을 보러 왔소."

"어허, 안되었네. 방으로 들어오소."

송 봉사는 세수를 급히 하고 의관을 갖춘 후에 단정히 꿇어앉아, 산통을 흔들면서 축문을 외는구나.

> 하늘과 땅이 어찌 말을 하겠느냐마는 간절히 빌면 응하여 주시나니, 대인은 그 덕이 천지에 부합하고, 그 밝음이 해와 달에 부합하며, 그때가 사계절에 부합하며, 길흉이 귀신과 부합하니, 신령이시여, 감통하소서! 오늘 경상도 함양군 지리산에 살고 있는 옹 씨가 삼가 엎드려 우연히 병에 걸린 그 남편 변강쇠의 생사를 물으니, 엎드려 바라건대 신령은 숨기지 말고 밝게 알려 주소서.

송 봉사는 산통을 누가 빼앗으려 하는지 주머니에 부리나케 넣고는 글 한 구절을 적는다.

> 나무인 듯하나 나무가 아니요, 사람인 듯하나 사람이 아니라. 나무라 할까 사람이라 할까, 어허, 그것 참 괴이하다.

옹녀가 송 봉사에게 말한다.

"엊그제 남정네가 장승을 패서 때더니 장승 동티인가 봅니다."

"그러면 그렇지, 목신이 난동하여 살 가망이 없으나 원이나 없도록 독경이나 하여 보소."

"봉사님, 저희 집으로 가시지요."

"가지."

옹녀가 한걸음에 급히 집으로 와서 사방에 액막이로 황토 놓고, 목욕재계하고, 새 옷 내어 입고, 떡과 과일, 채소를 차려 놓고 앉아 기다리니, 송 봉사가 와서 문 앞에 우뚝 서며 말한다.

"어디다 차렸는가?"

"여기에다 차려 놓았소."

"그러면 경을 읽도록 하지."

북을 들어 앞에 놓고 가시나무로 만든 북채를 들고, 방울을 한 손에 들고, '쨍쨍 통통' 울리면서 제대로 경을 읽는다. 경을 다 읽은 후에,

"이보게, 옹녀. 자네, 경채를 어찌하려나?"

옹녀 하는 말이,

- **산통**(算筒) 맹인이 점을 칠 때 쓰는 도구인 산가지를 넣은 통.
- **축문**(祝文) 신에게 고하거나 신을 불러들이는 글이나 말.
- **대인**(大人) 예전에, 신분이나 관직이 높은 사람을 지칭한 말.
- **동티** 땅, 돌, 나무 따위를 잘못 건드려 재앙을 받는 일. 또는 그 재앙.
- **독경**(讀經) 불경을 소리 내어 읽거나 욈.
- **액막이** 가정이나 개인에게 닥칠, 좋지 않은 운수인 액을 미리 막는 일.
- **경채**(經債) 경을 읽어 준 대가로 지불하는 돈.

"경채인지 서울빚인지 여기 있소."

옹녀가 돈 한 냥 내주니,

"내가 돈 달랬는가, 한번 만져 보면 되지."

"어, 그러지 마시오. 점잖은 터에 그게 무슨 말씀이오."

송 봉사가 부끄럽고 멋쩍어서 나가니, 옹녀는 다시 의원을 부르러 간다. 함양에 이 진사라는 명의가 있다는 말을 듣고 찾아가서 사정하니, 이 진사가 허락하고 몸소 와서 진맥한다.

진맥을 자세히 하니 암만해도 죽을 병이라. 온갖 약재로 탕약과 환약을 짓고, 온몸에 침이란 침은 죄다 놓아본들 소용이 없다. 병에 곯고 약에 곯고 침에 곯아 죽을 밖에 다른 수가 없다.

"약은 백 가지나 병은 만 가지니, 고치기 어려운 불치병이로다."

이 진사는 이 말만 남기고는 작별 인사를 하고 간다. 의원이 간 연후에 침약의 효험 때문인지 아니면 목신의 조화 때문인지, 강쇠가 옹녀의 손을 덥석 잡더니 눈물을 흘리며 말한다.

"자네는 북쪽 지방 사람이고 나는 남쪽 지방 사람인데, 하늘이 지시하고 귀신이 중매하여 오다가다 연분 맺어 죽도록 같이 살자고 맹세했으니, 우리는 한 쌍의 봉황새요, 원앙새라. 잠시라도 이별하지 말고 백년해로하려 했더니, 하룻밤에 얻은 병에 백 가지 약이라도 효험이 없구려.

아직도 청춘인 이내 몸은 황천길을 갈 것이나 누구나 태어나면 죽는 것이니 나는 서럽지 않소. 하지만 나와 이별하고 홀로될 자네 신세 생각하니 참으로 안타깝소. 비같이 퍼붓던 우리 정이 구름같이 흩어지면 복숭아꽃 배꽃 피는 봄, 오동잎 지는 가을, 두견새 서럽게 울고 기러기 높이 날 때, 애타는 마음과 안개같이 이는 근심이 더욱 깊어질 것이니, 홀로 빈방에서 외롭게 지낼 자네 신세가 더욱 불쌍하구려. 자네 신세 불쌍하나 아무리 살자고 해도 내 병세가 이리도 심하니 죽지 않을 방도가 없소.

이 몸이 죽거들랑 자네가 손수 묻어 주고 삼 년 동안 무덤 곁을 지키면서 아침저녁으로 젯밥이나 올려 주오. 삼 년을 지낸 후에 저승으로 찾아오면 이승에서 못 다한 연분 다시 이어 보고 싶소. 내가 죽은 후에, 열 살도 안 된 아이라도 사내라고 자네 몸에 손대거나 집 근처에 얼씬하면, 그 즉시 죽음을 면치 못할 것이니, 부디부디 그리 마소."

강쇠는 말을 마치자 옷 속으로 손을 풀쑥 넣어 옹녀의 몸을 만지며 으드득 힘을 주더니, 벌떡 일어나 우뚝 선다. 건장한 두 다리는 화살을 쏘려는지 발을 벌려 빗디디고, 바위 같은 두 주먹은 시왕전 문지기마냥 눈 위로 높이 들고, 쇳덩이 같은 눈은 홍문연에서 유방을 호위하

- **경채인지 서울빚인지** 서울빚의 한자어가 경채(京債)로, 일종의 말놀이.
- **탕약(湯藥)** 달여서 마시는 한약.
- **환약(丸藥)** 약재를 가루로 만들어 반죽해 작고 둥글게 빚은 약.
- **백년해로(百年偕老)** 부부가 되어 한평생을 사이좋게 지내고 즐겁게 함께 늙음.
- **황천길(黃泉-)** 황천은 저승. 곧 죽어서 저승으로 가는 길.
- **젯밥** 제삿밥. 제사를 지내기 위하여 차려 놓은 밥.
- **시왕전(十王殿)** 저승에서 죽은 사람을 재판하는 열 명의 대왕인 시왕을 모신 집.
- **홍문연에서~번쾌처럼** 홍문은 중국 협서성 임동현 동쪽에 있는 지명. 홍문연은 항우가 유방을 죽이려고 홍문에서 벌인 잔치.

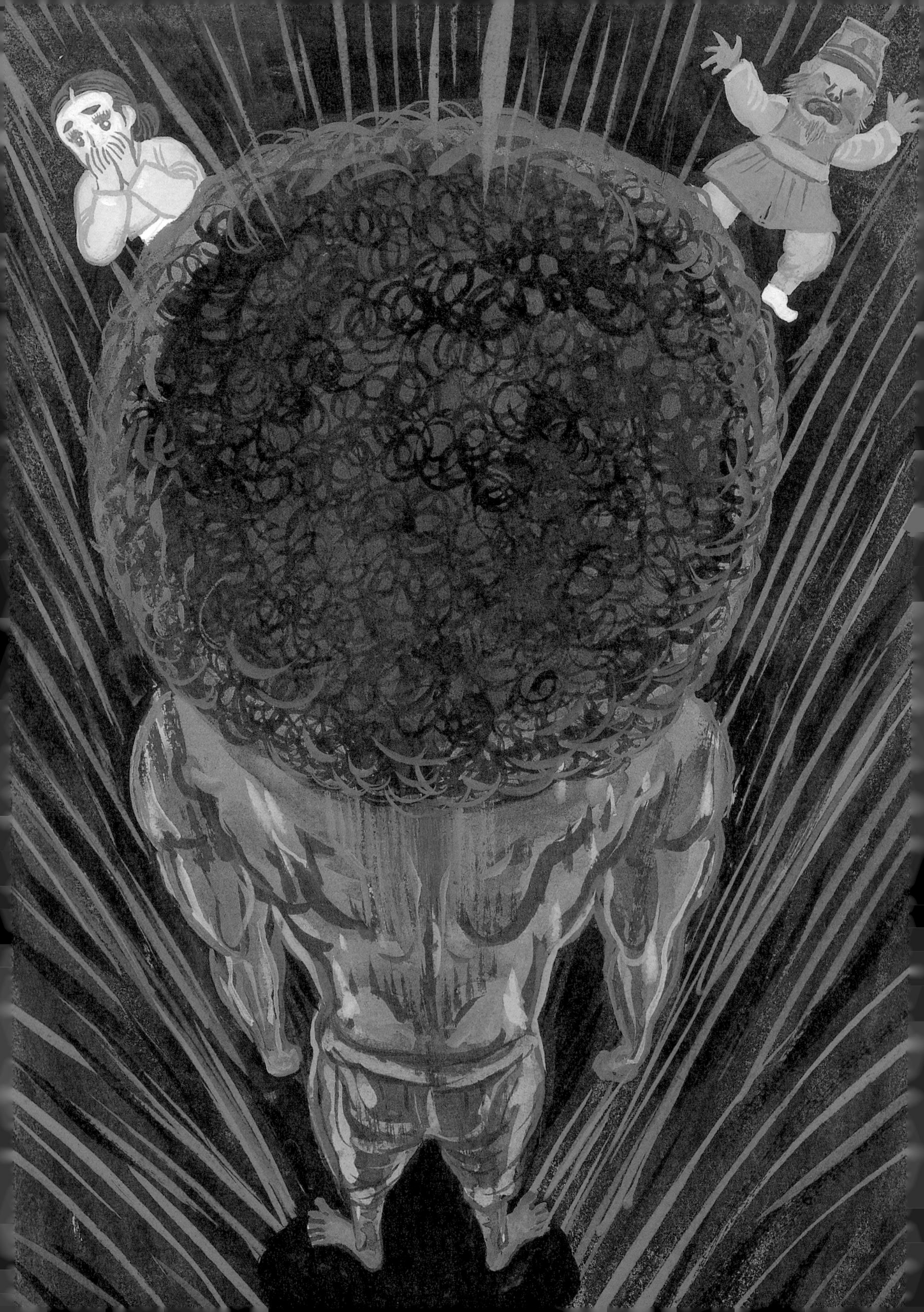

던 장수 번쾌처럼 찢어지게 부릅뜨고, 상투는 풀어 산발하고, 혀는 빼어 길게 물고, 짚동같이 부은 몸과 피고름이 낭자한 성기는 그저 뻣뻣하고, 목구멍에서 숨소리가 꼴깍하고, 콧구멍에서 찬바람이 나오더니 장승처럼 죽었구나.

• **짚동** 짚단을 모아 한 덩이로 만든 묶음.

조선 후기의 의료 생활

진료는 의원에게, 약은 약방에서

장승들은 지리산 장승을 뽑아 장작 패듯 패서 불을 땐 강쇠에게 복수하고자 그의 몸에 온갖 병을 처바릅니다. 결국 강쇠는 온갖 병에 걸려 죽을 수밖에 없는 처지가 되었습니다. 옹녀는 병에 걸린 강쇠를 위해 송 봉사와 이 진사를 부릅니다. 송 봉사는 점쟁이고 이 진사는 의원이니, 이들이 강쇠의 병을 고쳐 주기를 바란 것이겠지요. 조선 시대에는 병을 고치는 일을 점쟁이와 의원이 담당했으니까요. 송 봉사는 점을 치고 경을 읽어 주고는 그 대가를 요구합니다. 하지만 이 진사는 온몸에 침을 놓고 온갖 약을 지어 주고도 치료비를 받지 않고 그냥 갑니다. 요즘 같아서는 치료비를 받지 않는다는 것은 상상할 수도 없는 일입니다. 이 진사는 왜 치료비를 받지 않았을까요?

점을 쳐서 병을 치료하다

조선 후기에는 신분과 경제력에 따라 의료 이용에 차이가 있었습니다. 양반은 아프면 의원을 불렀지만, 서민은 경제적 능력이 없어서 점쟁이를 불렀지요. 송 봉사처럼 점을 쳐 주고 경(經)을 읽어 주게 되면 그 대가로 한 냥을 받았다고 합니다. 1880년에 질이 좋지 않은 쌀 한 되 값이 한 냥이었다고 하니, 이 정도면 서민들도 어렵지 않게 지불할 수 있었겠지요. 하지만 약값은 서민이 감당하기에는 크게 부담이 되었습니다. 한 냥에 수십 첩도 지을 수 있는 싼 약도 있었지만, 녹용 같은 고급 약재가 들어간 약은 수십 냥이나 되었습니다. 사정이 그러하니, 지리산에 살고 있던 가난한 옹녀가 강쇠를 위해 온갖 약을 지어 주는 것은 현실적으로는 가능하지 않은 일이었겠지요.

병이 나아야 돈을 받았던 조선의 의원

조선 후기에는 요즘처럼 의약이 분업되어 있었습니다. 의원은 환자가 찾아오면 처방만 적어 줄 뿐이었고, 환자는 그 처방을 들고 약방에 찾아가 약을 지었습니다. 의원이 직접 약을 지어 주지 않은 이유는 약 짓는 일을 허드렛일로 여긴 데다가 의원이 직접 약방을 차릴 만한 경제력이 없었기 때문입니다. 의원은 처방을 지어 주되, 그 처방이 효과가 있었을 때만 대가를 받았습니다. 환자에게 써 준 처방전의 가치가 의원의 지식이나 그가 들인 시간으로 결정되는 것이 아니라 병의 회복 여부에 따라 결정된 것이지요. 병이 회복되었을 때 지불되는 처방비도 오로지 환자가 결정했다고 합니다. 이는 의술의 상업화가 제대로 이루어지지 않았기 때문입니다. 그래서 이 진사가 옹녀에게 대가를 요구하지 않고 그대로 돌아간 것이지요.

중의 욕망과 죽음

옹녀는 겁이 나서 울 생각도 없지만, 강쇠 놈 성미를 알기에 임종을 지키고 유언을 듣고 있던 것이다. 그렇다고 해도 죽었으니 예를 갖춰 곡은 해야겠다. 옹녀가 비녀를 빼어 머리를 풀고 주먹 쥐고 방을 치며 곡을 한다.

"애고애고, 설운지고. 애고애고, 어찌 살꼬. 여보시오, 변 서방아! 날 버리고 어디 가나. 나도 가세 나도 가세. 임을 따라 나도 가세. 청석관에서 만났을 적에 백년해로하자더니 황천객 되어 혼자만 가니 하룻밤 꿈처럼 허망하다. 적막한 산중, 텅 빈 집에, 도움을 줄 만한 가까운 친척은커녕 동네 사람 하나 없으니, 낭군 초상을 어찌 치를꼬. 이 내 신세 어찌 살꼬.

웬 년의 팔자가 남편 죽는 복을 그리 타고나서 송장을 보아도 많이 보았지만, 보던 중에 이런 죽음은 처음이네. 애고애고, 설운지고. 만일 나를 못 잊어서 눈을 감지 못한다면 날 잡아가소, 날 잡아가소. 애고애고, 설운지고."

한참을 통곡한 후에 저승사자에게 먹일 밥을 지어 놓고, 강쇠의 옷깃을 잡아 죽은 이의 혼을 소리쳐 부르고는 혼잣말로 탄식한다.

"아무도 없는 이 산중에서 나 혼자 울어서는 낭군 초상 치를 수 없어 시체가 썩어 벌레가 나올 지경이 될 것이니, 큰길가로 나가 앉아서 울어 보자. 오입쟁이 남자를 만난다면 초상을 치를 수 있을 듯하니 그리하는 것이 좋겠다."

옹녀는 남편 죽은 게 한두 번이 아니니 상복이 많기도 많다. 깃을 달지 않은 무명 저고리, 베로 짠 치마를 입고, 오이씨 같은 고운 발에 거친 베로 짠 버선, 흰 종이로 감은 짚신을 신고, 구름 같은 푸른 머리를 마구 집어 흐트러지게 얹었으나 불그레한 두 뺨의 눈물 흔적이 더 예쁘다.

아장아장 가만히 걸어가 큰길을 건너가서 보일 듯 말 듯 시냇가에 펄썩 앉았다. 본래 북쪽 지방 여인이라, 목소리는 좋아서 쓰러져 가는 듯이 울음을 우는데, 이것은 죽은 서방을 생각해서가 아니라 새 서방을 후리려는 것이니 오죽 맛이 있겠느냐!

"애고애고, 설운지고. 이내 신세 불쌍하다. 이 몸이 외롭게 되어 스무 살이 겨우 넘어 남쪽 지방을 찾아오니 아는 사람 하나 없는 객지로다. 궁합이 좋다기에 혼례도 없이 얻은 낭군인데, 낭군 죽음을 또 당하니 내 팔자가 이리도 험하던가. 이 원통함을 저승의 염라대왕에게라도 말해 볼까. 애고애고, 설운지고.

버드나무 위에서 우는 꾀꼬리는 벗을 오라 한다마는, 죽어 황천 가신 우리 낭군을 내 어이 불러올꼬. 꽃 속에서 우는 두견새는 돌아가겠다고 한다마는 낭군 초상 못 치른 내가 어디로 가겠느냐. 봄 동산에는 복숭아꽃, 오얏꽃이 피었는데 내 신세를 어찌하며, 봄풀은 해마다 푸른데 낭군은 어이 가서 돌아오지 않는고. 애고애고, 설운지고. 염라국이 어디 있어 우리 낭군 가 계신고. 북해에 있으면 기러기 발에 편지를 매어 소식을 전할 것이고 농산이 가까우면 앵무새가 소식을 전해 오련마는, 밤낮으로 함께 지내더니 영영 이별 되었단 말인가. 애고애고, 설운지고."

애절한 울음소리에 성벽이라도 무너질 듯 하고 시냇물조차 목이 메인다.

이때에 꽃수풀 속에서 나비

가 날아오듯 누군가 걸어오는데, 매우 덤벙거린다. 붉은 칠 한 갓양태에, 은으로 만든 갓끈 고리에, 비단 끈을 두 귀에 덮어 매고, 말총갓에 외꽃 모양의 은관자를 양쪽에 떡 붙이고, 베를 누벼 통같이 입고, 고운 모시에 붉은 물을 들인 장삼에 진홍색 띠를 눌러 띠고, 짚신에 고운 새김 버선목을 행전 위에 덮어 신고, 좋은 은으로 꾸민 작은 칼을 겉고름에 늦추어 차고, 옻칠한 부채를 손에 쥐고, 동구 밖 술집에서 술을 마시고 취한 듯 용머리 새긴 지팡이를 이리로 철철 저리로 철철, 청산 돌길을 흐늘거리며 내려온다.

- **북해**(北海) 아무도 건널 수 없다는 상상 속의 바다.
- **농산**(隴山) 중국 섬서성 농현에 있는 산.
- **갓양태** 갓모자의 밑 둘레 밖으로 둥글넓적하게 된 부분.
- **은관자**(銀貫子) 망건에 달아 당줄을 꿰는, 은으로 만든 작은 고리.
- **장삼**(長衫) 중의 웃옷. 길이가 길고, 품과 소매를 넓게 만든다.
- **행전**(行纏) 바지나 고의를 입을 때 정강이에 감아 무릎 아래에 매는 물건.

울음소리 언뜻 듣고는 사방을 둘러보며 한참을 주저하더니 옹녀를 얼른 보고 가만가만 들어간다. 재치 있는 옹녀는 중이 오는 줄 먼저 알고 온갖 교태를 부린다. 아리따운 얼굴을 번듯 들어 먼 산도 바라보고, 치맛자락을 돌려 올려 눈물도 닦아 보고, 고운 손을 슬쩍 들어 턱도 받쳐 보고, 설움을 못 이기는 양 머리도 뜯으면서 쉬지 않고 서럽게 운다.

"내 신세를 생각하면 해당화 저 가지에 목을 매어 죽을 것이지만, 아리따운 이내 몸은 아직도 청춘이네. 적막한 이 산중에 홀로 남겨졌으니 그 아니 원통한가. 광대한 천지 간에 풍류를 아는 남자다운 남자가 응당 많이 있을 것이지만, 내 속에 먹은 마음을 그 뉘라 알 수 있나. 애고애고, 설운지고!"

중놈이 옹녀의 얼굴과 태도를 보고는 정신을 반이나 놓았다가, 울면서 하는 말을 들으니 도저히 그냥 갈 수가 없다. 참다 참다 못 견디고 쑥 나서며 말한다.

"소승, 문안 드리오."

옹녀가 힐끗 보고는 못 들은 체 계속 울면서 말한다.

"오동나무에 봉황이 없으니 까마귀와 까치만 지저귀고, 푸른 시냇물에 원앙새 없으니 오리가 날아든다. 애고애고, 설운지고."

중놈이 이 말을 들으니 저를 업신여기는 말이라. 죽기 살기로 바짝바짝 달려든다.

"소승 문안이오, 소승 문안이오."

옹녀가 울음을 그치고 점잖게 꾸짖는다.

"중이라 하는 것이 부처님의 제자이니 계율을 지켜야 하거늘, 적막한 산중 숲 속에서 앞뒤 가리지 않고 여인에게 달려드니 참으로 괘씸하다. 문안은 그만하고 갈 길이나 어서 가소."

"부처님의 제자이기에 자비심이 많아서, 시주님이 청춘에 구슬피 우는 소리 뼈가 저려 못 가는 것이니 우는 사연이나 들어 봅시다."

"부부가 산중에 살아 친척 하나 없더니, 이 몸이 불행하여 남편 초상 당했는데 송장이 험악하여 초상조차 치를 수 없습니다. 여기 와서 우는 뜻은 용기 있는 남자 만나 남편 초상 치른 후에, 청춘에 수절할 수 없어 그 사람과 부부 되어 백년해로하자는 것이니, 스님의 말씀대로 자비심이 있다면 근처로 다니시다가 혈기 있는 남자 만나거든 이리로 보내 주시오."

저 중이 또 묻는다.

"우리 절 중들 중에도 원하는 이 있으면 이리로 보내리까?"

"초상만 치를 수 있다면 그 사람과 살 것이니, 중인들 어떻겠소."

저 중이 크게 기뻐하며 말한다.

"그렇다면 쉬운 일이오. 그 송장 내가 치우고 나와 살면 어떻겠소?"

"아까 다 한 말이니 다시 물어 쓸데 있소?"

저 중이 좋아라고 갓도 감투도 벗어서 찢고, 비단 갓끈과 은관자는 떼어 주머니에 넣고 장삼 벗어 띠로 묶어 어깨에 들어 메고, 옹녀는 앞에 서고 중은 뒤에 서서 강쇠 집을 찾아가는데, 중놈이 좋아라고 장난을 친다. 옹녀의 등덜미에 손도 쓱 넣어 보고, 젖도 불끈 쥐어 보고, 허리도 질끈 안아 보고, 손목도 꽉 잡아 보며 말한다.

"암만해도 못 참겠네, 우선 한번 안아 보세."

옹녀가 책망한다.

"바삐 먹으면 목이 메고, 급히 더우면 금방 식으니, 아무리 여러 해 동안 여자를 안아 보지 않았다고 하나, 죽은 낭군을 방에 두고 새 낭군과 그 노릇을 하면 사람으로 할 짓인가. 다 되어 가는 일이니 마음을 조금 진정하소."

"자네 말을 들으니 그러하네. 십년공부 아미타불, 참부처는 될 수 없으니 부부 되기로 한 약속 지켜 우리 가부처나 되어 보세."

방 앞에 이르자 중이 말한다.

"시체가 어디 있소?"

"저 방에 있소만은, 시체가 불끈 서서 모양이 험악하니 마음 단단히 먹어 놀라지 마시오."

중놈이 여인에게 용기를 보이려고 장담한다.

"우리는 겁이 없어 깜깜한 깊은 밤에도 다니며, 궂은비 흩뿌릴 때 인적 없어 적막한 천왕각에서도 혼자 자는 사람이라. 그처럼 서 있는 송장이라도 조금도 염려 안 하네."

속으로 주문을 외우며 방문 열고 들어서서 송장을 얼른 보고 고개를 푹 숙이며 중의 버릇대로 두 손을 합장하더니 그만 죽었다. 옹녀가 초상 치를 준비를 해서 뒤쫓아 들어가니 중놈이 허망하게 벌써 이 꼴이 되었구나. 옹녀가 깜짝 놀라 발을 구르며 말한다.

"애고, 이것이 웬일인가! 송장 하나 치려다가 송장 하나 또 생겼네."

방문을 닫고서 뜰 가운데 홀로 앉아 송장에게 신세를 한탄하며 우는구나.

"여보시오, 변 서방아. 어찌 그리 무정한가! 청석관에서 만난 후에 각 포구로 다니면서 간신히 모은 돈을 주색잡기로 다 없애고 산중에서 살자고 했더니, 장승은 어이 패서 때 목신 동티 받았는가! 소년 죽음이 모두 자업자득일세. 사십구 일 동안 병구완할 때 내 간장이 다 녹았네. 험악한 저 송장을 어찌할 수 없어 길을 가던 중을 간신히 홀렸지만, 몸을 허락한 일도 없는데 질투를 해 송장 치러 간 사람을 저렇게 죽게 했으니, 이 소문이 나면 송장 칠 놈이 누가 있겠는가. 송장만 치면 유언대로 수절할 것이니, 다시는 질투하지 마소. 애고애고, 내 신세야. 송장을 누가 치울꼬."

- **십년공부 아미타불** 오래 공들여 오던 일이 하루아침에 헛일이 됨.
- **가부처** '가짜 부처'와 '집안의 부부[家夫妻]'라는 뜻을 중의적으로 나타낸 말.
- **천왕각**(天王閣) 절이나 민간에서 천왕을 모신 집.
- **주색잡기**(酒色雜技) 술과 여자와 노름을 아울러 이르는 말.

조선 시대의 열녀 담론

열녀가 되어 가문을 빛내도록 하라!

장승들의 복수로 몸에 병이란 병은 모두 다 뒤집어쓰고 죽게 된 강쇠는 옹녀에게 유언을 남깁니다. 3년 동안 무덤 곁을 지키면서 제사를 지내고 3년 후에는 저승으로 찾아오라고 말이지요. 조선 시대에는 남편이 죽으면 아내가 3년 동안 무덤 곁을 지키면서 제사를 지냈습니다. 이를 '삼년상'이라고 합니다. 또한 남편이 죽으면 아내가 남편을 따라서 죽곤 했습니다. 남편을 따라 죽은 아내를 '열녀'라 칭송했으며, 나라에서 포상을 내리고 이를 가문을 빛낸 일로 여겼습니다. 강쇠가 옹녀에게 한 유언에는 조선 시대의 이러한 관습이 반영되어 있습니다.

열녀의 조건, 목숨을 바쳐라

유교에서 중요시하는 덕목 가운데 효(孝)와 열(烈)이 있습니다. 효는 자식이 부모를 잘 섬기는 것이고, 열은 아내가 남편을 잘 섬기는 것이지요. 하지만 열녀가 되는 것은 남편을 잘 섬기는 정도에 머무르는 것이 아니었습니다. 중국에서 펴낸 사전인 《사원(辭苑)》에 보면, 열녀는 혼인 전에 약혼자가 죽었을 경우 그 뒤를 따라 죽거나, 겁탈을 당할 경우 스스로 목숨을 끊어 항거하는 미혼녀를 말하고, 열부는 남편이 죽었을 경우 남편을 따라 죽는 부인을 말한다고 합니다. 열녀와 열부를 나누어 설명하고 있으나, 일반적으로는 이 둘을 모두 아울러 열녀라고 합니다.

열녀 되기를 강요했던 조선 시대

열녀는 어느 나라 어느 시대에나 있을 수 있습니다. 그러나 남편이 죽으면 마땅히 수절을 해야 하고, 정조를 빼앗기게 되면 목숨을 바쳐 이를 지키는 것이 부녀자의 마땅한 도리로 정착된 것은 조선 시대의 일입니다. 고려 시대까지만 해도 남편이 죽은 후에 아내가 재혼하는 것은 일반화된 일이었습니다. 그러나 조선 시대에는 남편이 죽으면 재혼할 수 없도록 법으로 규정했습니다. 성종 16년(1485)에는, 《경국대전(經國大典)》에 다시 시집간 여자의 자식과 서얼의 자식은 벼슬길을 막는다는 조항을 넣었으며, 중종 때는 다시 시집가는 일 자체를 범죄시했습니다. 하지만 남편은 아내가 죽으면 1년 정도만 상복을 입고 곧 재혼할 수 있었습니다. 그에 비해 아내는 남편이 죽으면 3년 동안 무덤을 지키고 평생 상복을 입었습니다. 여성의 수절을 미덕으로 삼는 풍조는 열녀라는 이름으로 여성의 희생과 고통을 강요하는 남성중심적인 봉건적 발상이었습니다.

열녀 담론의 배경, 남존여비 사상

조선 시대에는 '남존여비 사상'이 있었습니다. 남자는 존귀하고 여자는 비천하다는 것이지요. '남편은 아내에게는 하늘'이라 했으며, 그를 따라 정절이 강조되었고, 열녀가 되는 것이 부녀자의 도리로 강요되었습니다. 특히 꼭 따라야 할 윤리 강령인 '삼강(三綱)' 중에 '여자는 두 남편을 섬기지 않는다[女不事二夫].'라는 강령이 있었는데, 이는 '신하는 두 임금을 섬기지 않는다[臣不事二君].'는 강령과 함께 도덕과 교화의 바탕으로 여겨져 장려되고 강제되었습니다. 그리하여 조선 시대에는 모든 과부를 열녀라고 말할 수 있을 정도로 많은 열녀가 쏟아져 나왔던 것입니다.

초라니도 죽다

불쌍하게 울고 있는데, 뜻밖에 탈놀이 패 초라니가 달려 들어온다.

예이, 돌아왔소.

구름 같은 집에 신선 같은 나그네가 왔소.

퉤!

옥 같은 입에서 구슬 같은 말이 쓱쓱 나오네.

퉤!

이 개야, 짖지 마라.

얼굴은 왜 안 씻어 눈곱이 다닥다닥하냐.

나를 보고 짖느니 차라리 네 할애비 보고 짖어라.

퉤!

야단도 이런 야단이 없구나. 옹녀가 살펴보니 구슬상모 벙거지 쓰고, 바짝 동여맨 통장구에 누비저고리 입고, 때 묻은 붉은 전대를 제멋으로 어깨에 띠고, 조개 장식을 단 주머니에 주황 실로 벌 모양의 매듭을 짓고, 초록색 비단 쌈지 차고, 푸른색 허리띠에 버선코를 길게 빼어 짚신에 푸른 헝겊 들메고, 살 늘어진 부채에 엷은 노란색 수건 달아 목덜미에 꽂고, 헌 망건에 자개로 만든 고리를 굵게 달아 당줄로 매서 짓눌러 쓰고, 굵은 무명으로 짠 한삼은 무릎 아래로 축 처지고, 몸집은 짚을 묶은 짚동 같고, 배는 물 담는 항아리 같고, 도리도리 두 눈구멍에는 흰 고리 모양의 테를 두르고, 납작한 콧마루에는 주석으로 만든 징을 총총 박고, 꼿꼿한 수염은 양편으로 펄렁펄렁, 오십이 넘은 놈이 목소리는 높고도 날카로운데, 비지땀을 씻어내며 헛기침을 버썩 뱉으면서 말한다.

예이.
오노라 가노라 하노라니
우리 집 마누라가 아씨 마님 전에

- **초라니** 탈놀이에 등장하는 인물의 하나. 양반의 하인으로 행동거지가 가볍고 방정맞다.
- **구슬상모 벙거지** 구슬로 장식하고 상모가 달린 모자. 상모는 모자 꼭대기에 흰 새털이나 긴 종잇조각을 달아 빙글빙글 돌리게 된 것.
- **통장구** 통나무를 써서 만든 장구.
- **전대(纏帶)** 돈이나 물건을 넣어 허리에 매거나 어깨에 두르기 편하도록 만든 자루.
- **당줄** 망건에 달아 상투에 동여매는 줄.
- **한삼(汗衫)** 손을 가리기 위해 소매 끝에 흰 헝겊으로 덧대는 소매.

문안 인사 아홉 번, 평안 인사 아홉 번,
이구는 십팔 열여덟 번을 날날이 전하라 하옵니다.
당 동 당, 페.

옹녀가 기가 막혀 초라니를 나무란다.

"아무리 초라닌들 어찌 그리 경망한고. 남편이 죽었는데 초상도 치르지 못하는 집에 장구 소리 웬 말인가?"

예이.
초상이 났으면 굿을 해서 잡귀 잡신을 내 솜씨로 물리쳐야지.
페, 당 동 당.
정월 이월 드는 액은 삼월 삼일에 막아 내고,
사월 오월 드는 액은 유월 유두에 막아 내고,
칠월 팔월 드는 액은 구월 구일에 막아 내고,
시월 동지 드는 액은 납월 납일에 막아 내고,
매월 매일 드는 액은 초라니 장구로 막아 내세.
페, 당 동 당.

- **액**(厄) 모질고 사나운 운수.
- **삼월 삼일** 삼짇날. 강남 갔던 제비가 돌아온다는 날.
- **유두**(流頭) 우리나라 명절의 하나. 음력 6월 15일. 신라 풍속에 이날 궂은일을 떨어 버리기 위하여 동쪽으로 흐르는 물에 머리를 감고, 잔치를 베풀었다고 한다.
- **구월 구일** 세시 명절의 하나인 중양절. 이날 남자들은 시를 짓고, 각 가정에서는 국화전을 만들어 먹고 놀았다.
- **납월 납일**(臘月臘日) 동지 뒤의 세 번째 돌아오는 술일(戌日).

작은 상에 쌀이나 되어 올려놓고
실이며 돈이며 저고리를 아끼지 마시고
어서어서 내놓으시오.

"여보시오, 초라니. 이 집 저 집 문 앞을 기웃거리면 들어오라는 데 어디 있소?"

"뒤통수에 대고 삿대질하면서 핀잔하고 악담하는 것을 꿀로 알고 다니오니, 매를 맞아도 못 가겠고 박살이 난대도 못 가겠소."

마구 억지를 쓰니 옹녀가 대답한다.

"이런 굿 저런 굿을 하자는 것은 내게는 호강의 말이로세. 서서 죽은 송장이라 쳐낼 사람이 없어 안타깝기 그지없네."

초라니가 좋아라고 장구를 두드리며 방정을 떤다.

운수 좋다 운수 좋다, 발부리가 운수 좋다.
불었다 불었다, 좋은 바람이 불었다.
페, 등 동 당.
재수 있네 재수 있네, 흰 고리눈이 재수 있네.
복이 있네 복이 있네, 주석코가 복이 있네.
페, 등 동 당.
어제 저녁 꿈이 좋기에 이상하게 생각했더니,
이 댁 문전 찾아와서 돈복이 터졌구나.
페, 당 동 당.
신사년 전염병에 험악하게 죽은 송장, 내 손으로 다 쳤으니,

그 같은 선 송장은 한 손으로도 문제없소,
얼마를 줄지 말해 주오.
페, 당 동 당.

옹녀가 게으른 강쇠에게 애간장이 다 녹다가, 이 사람이 하는 양을 보니 부지런하기 그지없어. 돛대 끝에 앉아서도 굶지를 않겠구나. 불쌍하게 대답한다.

"가난한 내 형편에 돈도 없고 곡식도 없으니, 초상을 치른 후에 부부 되어 함께 살 것이오."

초라니가 또 덤벙대며 말한다.

얼씨구나 멋있구나, 절씨구나 좋을시고.
페, 당 동 당.
속 있는 오입쟁이가 천하의 미인을 만났구나.
시체 방문 어서 여소, 내 솜씨로 쳐서 낼게.
페, 당 동 당.

옹녀가 방문을 여니, 초라니가 문으로 들어가 송장 앞에 섰다. 몸 여기저기를 살피더니 장구 끈을 꽉 졸라매고, 장구채 잡은 손에 힘을

• **호강** 호화롭고 편안한 삶을 누림. 또는 그런 생활.

주어, 험악하게 서 있는 저 송장을 제가 고사를 지내 눕히려고 부지런히 서두른다.

여보소, 저 송장아.
이내 고사 소리를 들어 보소.
페, 당 동 당.
사람이면 누구든지 젊었든지 늙었든지
죽어지면 혼령은 귀신 되고 몸은 송장 되는데,
무슨 원통함이 있어 혼령은 흩어지지 않고
송장은 뻣뻣하게 섰나.
페, 당 동 당.
이내 고사 소리 들어 보면 자네 원통함 다 풀리리.
살았을 때 이승이요, 죽어지면 저승이라,
세상사 뜬구름 되었으니 처자식이 어찌 따라갈까.
이승 떠나 죽었으니 탄식밖에 할 일 없소.
페, 당 동 당.

장구채가 장단을 다 채우지 못하더니, 잘하던 고사 소리 끝나지 않았는데 날쌔게 놀리던 몸집이 뒤틀리고 등에 땀이 차면서 가쁜 숨이 턱에 차오른다. 한 다리를 구부리고 턱 밑에 장구를 두고는 마지막 소리를 한번 구성지게 하더니, 장단을 다 채우지 못하고 돌연 죽으니, 옹녀가 깜짝 놀라 손바닥을 딱딱 치며 탄식한다.

"또 죽었네, 또 죽었네. 방정맞은 저 초라니 가볍게 덤벙거리다 허망하게도 돌아갔네. 고단한 내 한 몸이 세 송장을 어찌할꼬."

• **고사**(告祀) 액운은 없어지고 풍요와 행운이 오도록 집안에서 섬기는 신에게 음식을 차려 놓고 비는 제사.

풍각쟁이 패들도 죽다

옹녀가 담배를 피워 물고 먼 산을 보고 앉았는데, 명절 대목에 장이 끝난 것처럼, 풍년 든 해 시장판처럼, 울긋불긋한 옷을 입은 사람들이 떠들썩하게 지껄이며 들어온다. 풍각쟁이 한 패가 들어오는데, 그들 중에 맨 앞에 들어오는 가객은 다 떨어진 갓에 줄을 아무렇게나 매어 쓰고, 소매 없는 웃옷을 권 생원께 얻어 입고, 때 묻은 저고리는 모 동지께 얻어 입고, 안만 남은 누비저고리는 신 선달께 얻어 입고, 다 떨어진 속옷은 송 선달께 얻어 입고, 부채를 부치되 뒤에 놈만 시원하게 부치면서 들어와서 말하는데, 그 말투나 말씨는 서울 근처에도 가지 못하고 금강 이쪽 지방 어투였다.

"여보시오, 댁 송장에 못된 귀신이 붙어 쳐낼 사람 없다고 하니, 내가 쳐내면 나하고 둘이 살겠소?"

옹녀가 대답한다.

"무슨 재주 지니셨소?"

"예, 나는 소리 잘하는 명창 소리꾼이오."

"송 선달 아시오?"

"예, 그게 내 제자요."

"신 선달 아시오?"

"둘째 제자지요."

"세상 사람 하는 말이 모란은 꽃 중에 왕이요 송 선달은 명창 중에 왕이니 그보다 윗수 없다는데, 그 사람들 선생이 되신다니 당신의 목 재주는 명창 중에 천자인가 보오."

"남들이 그렇다고 수군수군한답디다."

그 뒤에 눈 먼 소경 퉁소장이는 장터에서 주운 커다란 헤진 옷을 뻣뻣하게 풀을 먹여 입고 초록 실띠 눌러서 띠고 손에 퉁소를 쥐고 있다. 열댓 살 거의 된 지팡막대 잡은 아이 놈은 굵은 무명 속곳만 입

- **풍각쟁이**(風角-) 시장이나 집을 돌아다니면서 노래를 부르거나 악기를 연주하며 돈을 얻어 가는 사람.
- **가객**(歌客) 예전에, 창(唱)을 잘하는 사람을 이르던 말. 소리꾼.
- **권 생원** 조선 후기 판소리 명창인 권선달.
- **모 동지** 조선 후기 판소리 명창인 모흥갑.
- **신 선달** 조선 후기 판소리 명창인 신만엽.
- **송 선달** 조선 후기 판소리 명창인 송흥록.
- **천자**(天子) 천제(天帝)의 아들, 즉 하늘의 뜻을 받아 하늘을 대신해 천하를 다스리는 사람이라는 뜻으로, 군주 국가의 최고 통치자를 이르는 말.
- **퉁소장이** 떠돌아다니며 퉁소를 불어 먹고살던 놀이꾼.
- **속곳** 속옷. 내의.

고, 허름한 길목버선을 신고, 모시 행전을 발목에 차고, 붉은색 둥근 비단 주머니를 허리춤에 차고, 웃옷에는 노란색 동정을 달고, 쇠털 같은 노랑머리에는 머릿기름을 바르고 비단 댕기를 달아 머리가 벗겨지도록 땋았는데, 검무 출 칼을 가졌다.

가야금 타는 빳빳하게 마른 중늙은이는 피골이 상접했는데, 병든 기침 소리는 꽹과리 치는 소리 같고, 긴 손톱에는 검은 때가 꼈고, 납작코의 코털이 입술을 모두 덮었다. 떡메처럼 둥근 모자에 큰 갓끈을 두르고 가야금을 메었는데, 경상도의 경주가 서울이던 그 시절에 만든 것이어서 가운데가 좀이 먹었고, 열두 줄은 토막이 나서 망건 줄로 이어 맸고, 쥐똥나무 괘를 고여 주석 고리에 끈을 달아 왼쪽 어깨에 둘러멨다.

북 치는 놈 맵시 보소. 평생 총각 놈이 짧은 머리를 길게 땋았다. 한쪽 손만 쓰면서 늙은 놈이, 쳇바퀴 열두 도막을 도막도막 주워 이어, 개가죽 북을 매어 끈을 달아 양어깨에 둘러메고, 건들거리며 들어오면서 장담한다.

"송장이 어디 있소. 그 같은 송장 쳐내기는 똥 누기보다도 쉽제."

- **길목버선** 먼 길을 갈 때 신는 허름한 버선.
- **동정** 한복의 저고리 깃 위에 조붓하게 덧대어 꾸미는 하얀 헝겊 오리.
- **댕기** 길게 땋은 머리 끝에 드리는 장식용 헝겊이나 끈.
- **검무(劍舞)** 칼춤.
- **피골이 상접** 피골상접(皮骨相接). 살가죽과 뼈가 맞붙을 정도로 몹시 마름.
- **괘** 거문고, 가야금 따위 현악기의 줄을 괴는 작은 받침.

옹녀가 말한다.

"그렇게 장담하다 실없이 죽은 사람 몇인지 모르겠소."

가야금 타는 중늙은이가 말한다.

"그런 염려는 마시오. 내 노래 한 곡조는 귀신도 울리는 솜씨라. 가야금으로 말하자면, 진나라의 한 미인은 가야금 소리로 자객을 잡았으며, 한나라의 미인인 왕소군은 가야금을 타며 노래 불러 흉노족 사람들을 눈물짓게 했고, 전국 시대 옹문주는 슬픈 가야금 소리로 맹상군을 울렸으니, 나 또한 가야금 한 곡을 처량하게 탄다면 멋있는 저 송장이 날 괄시할 수는 없을 것이오."

퉁소장이가 말한다.

"내가 퉁소 부는 법은 우는 듯 하소연하는 듯, 그 슬픈 소리 계명산 가을밤에 항우를 물리친 장자방의 곡조로다. 항우의 군대가 흩어질 때 항우가 사랑한 우미인은 자신의 목을 찌르고 항우도 울었거든, 제까짓 송장이야 강아지에 불과하지."

북 치는 놈이 내달으며 말한다.

"내 북 치는 솜씨로 말하자면, 전단이 외적을 칠 때 돌과 화살이 날아와도 우뚝 서서 치던 소리와 같고, 장비가 관우의 용맹을 보고 세 번 크게 두드리던 소리와 같으니, 제 아무리 험한 송장이라도 아니 쓰러질 수 있나."

검무 추는 아이 놈이 양손에 칼을 들고 좌우 사방 둘러보며 칼춤 추며 말한다.

"여보시오, 걱정을 마오. 내 비록 어리지만 이 칼 한번 휘두르면 백만 군대 문제없소. 홍문연 큰 싸움에 항우의 날랜 칼로도 나를 당할 수는 없고, 양소유를 죽이려고 심요연이 추던 칼춤도 내게 비하지는 못할 것이니, 송장 치기 두말할 필요 있나. 송장 있는 방이 어디요?"

제각각 재주를 자랑하니 옹녀가 생각한즉, 식구가 여럿이요 재주 또한 저와 같으니 송장 서넛 쳐내기는 염려가 없겠다.

"여보시오, 손님네들. 송장 먼저 보면 아마 기가 막힐 것이오. 송장 있는 방문을 닫은 채로 툇마루에 늘어앉아 각기 재주 보여 주면 송장이 감동하여 누울 것이니, 눕거든 묶어 내기 쉬울 것이오. 그리하면 어떻겠소."

"그 말이 참으로 좋소."

굿하는 집에 악사들처럼 마루에 늘어앉아 연주하니 검무장이가 일

- **자객**(刺客) 사람을 몰래 죽이는 일을 전문으로 하는 사람.
- **왕소군**(王昭君) 중국 전한 원제의 후궁.
- **옹문주**(雍門周) 중국 전국 시대 사람으로 거문고의 명수. 슬픈 곡조를 타서 사람들을 울렸는데, 제나라의 재상인 맹상군을 울린 일화가 유명하다.
- **맹상군**(孟嘗君) 중국 전국 시대 제나라의 재상.
- **항우**(項羽) 중국 진나라 말기의 장수이며 진을 멸망시킨 인물.
- **장자방**(張子房) 중국의 한나라를 세운 유방의 공신인 장량.
- **우미인**(虞美人) 중국 진나라 말기 항우의 사랑을 받은 절세미인. 항우가 해하에서 한나라 유방에게 포위되었을 때 자살했다고 한다.
- **전단**(田單) 중국 전국 시대 제나라의 장군. 연나라가 공격하자 소꼬리에 횃불을 달아 공격하는 작전으로 역습을 했다.
- **관우**(關羽) 중국 삼국 시대 촉한의 무장. 장비, 유비와 의형제를 맺고 적벽전에서 조조의 군대를 격파하는 등 많은 공을 세웠다.
- **양소유**(楊小游) 한국 고전 소설 《구운몽》의 남자 주인공.
- **심요연**(沈裊烟) 토번 왕이 양소유를 죽이려고 보낸 여자 자객.

어서서 재미있게 한참 노는데, 방에서 찬바람이 스르르 일어나더니 쌍창문이 절로 열린다. 갑자기 온몸이 으슥하며 독한 냄새가 코를 찌르더니, 눈뜬 사람들은 송장을 먼저 보고 하나둘씩 다 죽는다.

〈초한가〉를 한참 부르던 소리꾼은 부채를 쫙 펼치더니 숨이 끊어지고, 가야금 타던 사람은 〈짝타령〉을 타다가 숨이 딸각하고, 북 치던 늙은 총각은 북 치는 소리가 다시 없고, 칼춤 추던 어린아이는 오도 가도 아니하고 선 자리에 꽉 서 있고, 퉁소 불던 얽은 봉사는 송장 낯을 못 본 고로 죽음 차례 모르고서 먼눈을 번득이며 퉁소를 한창 불 때, 무서운 기운이 왈칵 들고 독한 내가 콱 지르니 내미는 힘이 점점 줄어 그만 숨을 거뒀구나.

• **초한가(楚漢歌)** 중국 초나라 항우와 한나라 유방의 승부를 읊어, 유방의 덕을 기린 내용의 노래.

송장에 달라붙은 뎁득이와 각설이패

옹녀가 기가 막혀서 울음도 울 수 없고 손발에 힘이 하나도 없다. 애고, 이를 어찌할꼬.

'이것들 죽은 그대로 여기다 두어서는 아무 사람 와 보아도 놀라서 갈 테니, 방 안에다 감추는 것이 좋겠다.'

하나씩 안아서 동쪽, 서쪽 두 벽 밑에 차례로 앉혀 놓으니, 앉은 것이 마치 명부전에서 죽은 사람을 심판하는 시왕들 같다. 방문을 닫고서 대문간에 비스듬히 서서 큰길가를 바라보니, 어떤 사람이 판소리 한 자락을 명창 소리 비슷하게 냅다 부른다.

이봐, 벗님네야. 이때는 어느 때인고.
사월 초파일에 제비는 남쪽으로 펄펄 날아든다.

해 저무는 산길에 어디로 가자느냐.
천지로 집을 삼고, 일월로 등불 삼고,
남의 집 내 집 삼고,
가는 길 노자 되고,
멍석자리 돗자리 삼아
이리저리 두루 다니다가,
달은 밝고 바람 찬 밤에
서울 광교에 홀로 우뚝 서서
이내 신세를 곰곰 생각하니,
방방곡곡 가가호호
구석진 집까지 이리저리 다니며 보아도
나와 같은 팔자 또 어디 있을꼬.
애고애고, 설운지고.

이렇게 소리를 으스러지게 부르면서 들어오는데, 털벙거지를 넓은 끈으로 졸라매고, 채를 등덜미에 꽂고, 때 묻은 홑바지 저고리를 입고, 전대를 허리에 잡아매고, 무명천을 곱게 동여맨 짚신을 신었다. 키는 장승처럼 크고, 얼굴은 대야같이 둥글넓적하고, 눈은 퀭한 게 등잔만 하고, 코는 메줏덩이 같고, 입은 됫박 같고, 발은 작은 배만 한

- **명부전(冥府殿)** 지장보살을 주로 하여 염라대왕과 시왕을 모신 법당.
- **시왕(十王)** 저승에서 죽은 사람을 재판하는 열 명의 대왕. 진광대왕, 초강대왕, 송제대왕, 오관대왕, 염라대왕, 변성대왕, 태산대왕, 평등대왕, 도시대왕, 오도 전륜대왕이다.
- **노자(路資)** 먼 길을 떠나 오가는 데 드는 비용.

것이 탈을 아니 썼어도 천생 말뚝이 모양이다.

옹녀를 쓱 보더니 가락을 붙여 입을 놀린다.

"이런 제에미를, 마누라가 낭군의 송장 쳐 주면 둘이 살자고 하는 마누라요?"

옹녀가 불쌍하게 대답한다.

"그러하오."

"그 제에미를 할 송장이 어떻게 죽었단 말이오."

불끈 일어서서 두 주먹을 불끈 쥐더니, 이놈이 연방 좋아라 하는 표정을 짓고 말한다.

"누구를 콱 치려고 두 다리를 뻗디뎠나? 누구를 탁 차려고 두 눈을 딱 부릅떴나? 그것이 몹쓸 병이어도, 그래도 나는 자신 있소. 집에 갈퀴 있는가?"

"예, 있소."

"그놈의 눈구멍을 내가 아니 보려 하니, 고개를 숙이고서 그놈의 윗눈시울을 긁어서 덮을 테니, 마누라는 밖에 서서 갈퀴가 윗눈시울에

- **됫박** 되 대신 쓰는 바가지. 되는 곡식, 가루, 액체 따위를 담아 분량을 헤아리는 데 쓰는 그릇.
- **말뚝이** 탈춤에 등장하는 인물의 하나. 양반을 신랄하게 풍자하는 인물이다.
- **갈퀴** 검불이나 곡식 따위를 긁어모으는 데 쓰는 기구.
- **눈시울** 눈언저리의 속눈썹이 난 부분.

닿거든 닿았다 하오."

이놈이 갈퀴 들고 시체방에 들어서서 고개를 푹 숙이고, 두 손으로 갈퀴 들어 송장 눈에다 댄다.

"윗눈시울에 닿았소?"

"조금 올리시오."

"닿았소?"

"조금 내리시오."

"닿았소?"

딱 잡아 긁은 것이 손이 조금 미끄러져 아랫눈시울을 긁어 놓으니 눈이 툭 불거져서 '으앙' 하고 덤비는 호랑이 같다. 가만히 쳐다보더니 이놈이 깜짝 놀라 갈퀴를 내버리고 바로 뛰어 도망가는데, 그물 냄새 맡은 숭어가 뛰듯, 화살을 비껴 맞은 호랑이가 내달리듯, 곧바로 달아난다.

옹녀가 놀라 급히 쫓아가며 말한다.

"여보시오, 저 손님네. 말씀이나 하고 가오."

손님이 손을 저으며 말한다.

"그런 소리 하지 마오. 나 돌아가오, 나 돌아가오. 위험한 곳으로는 들어가지 않는 법이니, 나 돌아가오."

"송장 치라고 아니 할 것이니, 내 말만 잠깐 듣고 가오."

꽃 같은 저 미인이 옥 같은 말소리로 계속 따라오며 부르고 간청하니, 초라니도 오입쟁이인지라 어찌할 수가 있나, 돌아서며 대답한다.

"무슨 말씀 하시려오?"

"길가에서 말을 나누는 것이 이상하니, 내 집으로 둘이 가서 딴 방에서 잠을 자고 내가 이리도 외로우니 말벗이나 하옵시다."

"그리합시다."

기뻐 허락하고 옹녀의 손목을 잡고 정답게 이야기하며 집을 향해 돌아올 때, 옹녀가 자세히 묻는다.

"어디에 사는 누구신데, 어디로 가시다가 내 집을 어찌 알고 수고로이 오셨소?"

"예, 나는 서울 사는 뎁득이라 하오. 김 재상댁 말 부리는 하인으로 경상도 황산역에 좋은 말이 있다기에 그리로 가다가, 마누라가 천하에 미인인데 험하게 죽은 남편 송장 치워 주는 사람과 짝을 맺어 살고자 한다는 말을 사람들이 전하기에 천 리를 멀다 하지 않고 찾아왔소."

"서울 사시고 신수가 이리도 건장한데, 송장 보고는 버리고 가시니, 내 얼굴이 못나서 당신 눈에 아니 드오?"

뎁득이가 이 말을 듣더니 옹녀의 등을 치며 말한다.

"미인 보면 정이 솟다가 송장 보면 정이 떨어지오."

말솜씨 좋은 옹녀가 뎁득이 속마음을 계속 건드린다.

"'죽은 제갈공명이 산 중달을 도망시킨다.'라는 말을 옛글로만 들었더니, 이러한 좋은 풍채로 송장에게 쫓겨 간다는 말을 어찌할 수 있겠소? 불쌍한 이내 신세 버리고 가신다면 고통으로 죽을 것이니, 그 아니 불쌍한가? 날 살리시오, 날 살리시오. 한양 낭군, 날 살리시오. 만일 가려 하면 나를 먼저 죽여 주소!"

허리를 질끈 안고 온갖 어린양에 온갖 교태를 부리니, 뎁득이도 사나이라 마음이 탁 풀어져 허리에 띤 전대로 옹녀의 눈물을 닦아 주며 말한다.

"울지 마오, 울지 마오. 아니 감세, 아니 감세. 죽으면 내가 죽지 자네 죽게 하겠는가?"

집으로 들어오는 길에 뎁득이가 좋은 생각이 난 듯 말한다.

"자네 집에 떡메 있나?"

"떡메는 무엇하게요?"

"꾀로 해결해야지 힘으로 해결할 것이 아니라는 것을 내가 생각 못했네."

집으로 돌아와 떡메를 내주니, 뎁득이가 둘러메고 집 뒤로 돌아가서 뒷벽을 떡메로 '쾅쾅' 치니 송장이 벽에 치여 '털퍽' 쓰러지는구나.

- **죽은~도망시킨다** 원문은 '死孔明走生仲達(사공명주생중달)'. 중국 촉나라의 제갈공명이 자신의 죽음을 예견하고 만든 인형을 보고 사마중달이 도망했다는 유명한 일화에서 나온 말이다.
- **떡메** 인절미나 흰떡 따위를 만들기 위하여 찐 쌀을 치는 메.

뎁득이가 좋아라고 땀을 씻으며 장담한다.

"제깟 놈이 어디라고……."

옹녀가 덥다고 부채질해 주며 송장을 묶어 내려 할 때, 아무리 천하 장사라 해도 송장 여덟을 짊어질 수 있나? 근처 마을로 찾아가서 삯꾼을 얻자고 했더니, 마침 장터를 돌며 걸식하는 각설이패 셋이 달려든다.

떠르르 돌아왔소,
각설이라 멱설이라 동설이를 짊어지고 뜰뜰 몰아 〈장타령〉!
안경 주관 경주장,
상복 입은 상주장,
이 술 잡수 진주장,
관민분의 성주장,
이랴 채쳐 마산장,
펄쩍 뛰어 노리골장,

- **삯꾼** 삯을 받고 임시로 일하는 일꾼.
- **각설이패** 예전에 〈장타령〉을 부르며 떠돌아다니면서 빌어먹던 거지 패거리.
- **안경~경주장** 우리나라에서 안경의 렌즈를 경주 남산의 남석으로 만들었기에, 안경을 경주와 관련지은 것이다.
- **상복~상주장** 상주는 제사의 상주(喪主)와 소리가 같아서 관련지은 것이다.
- **이 술~진주장** 진주는 진주(進酒)와 소리가 같아서 관련지은 것이다.
- **관민분의 성주장** 성주는 성주(城主)와 소리가 같아서, 백성과 성주가 정을 나누는 '관민분의(官民分誼)'와 관련지은 것이다.
- **이랴~마산장** 마산(馬山)의 '마'는 말이라서, 말을 채로 치는 것과 관련지은 것이다.
- **펄쩍~노리골장** 노리골은 '노루골'로, 노루가 펄쩍 뛰기에 관련지은 것이다.

명태 옆에 대구장,
순시 앞에 청도장.

한 놈은 옆에 서서 입장구를 낑낑 치고, 한 놈은 옆에 서서 살만 남은 헌 부채로 뒤통수를 탁탁 치며 두 다리를 빗겨 디디고 허릿짓, 고갯짓을 한다.

잘한다, 잘한다.
집 지어 놓고 한 공부냐, 실수가 없이 잘한다.
인삼 먹고 한 공부냐, 기운차게 잘한다.
목구멍에 불을 켰나, 훤하게도 잘한다.
뱃가죽도 두껍다, 끝없이 나온다.
네가 저리 잘할 때에 네 선생은 할 말 있나.
네 선생이 나로구나. 잘한다, 잘한다.
명절 장에 목 쉴라. 잘한다, 잘한다.
너 못하면 내가 하마.

옹녀가 묻는다.
"목소리는 명창이오. 우리 집에 송장 많아 지금 묶어 내려 하니, 함께 묶어서 지고 가면 삯을 후하게 줄 것이오. 생각이 어떠한가?"
각설이들이 대답한다.
"송장을 쳐 내면 미인하고 산다기에 짚신짝 끌고 애써 여기 왔더니, 남의 손에 떼였으니 송장이나 지고 갈게 송장 하나 닷 냥 삯에, 술,

밥, 고기 잘 먹여 주오.”

옹녀가 허락하니 네 놈이 송장을 친다. 한 등짐에 둘씩 가마니로 곱게 싸서 줄로 단단히 얽고 짚으로 밖을 싸서 새끼로 묶은 후에, 새벽달 못 떨어져 네 놈이 짊어지고 옹녀가 뒤를 따라 북망산을 찾아간다. 상여 소리 구슬피 부르는데 행색이 처량하다.

어이 가리, 너허 너허.
등불 든 사람은 어디 가고 담뱃불만 밝았으며,
울며 따르는 사람은 어디 가고 두견이만 슬피 우노.
어허 너허.
상여 앞 깃발은 어디 가고 작대기만 짚었으며,
상여 위 둘러친 휘장은 어디 가고 헌 가마니를 덮었는고.
어허 너허.
상여 매는 긴 멜대는 어디 가고 지게 송장 되었으며,
자식, 친척은 어디 가고 미인 한 사람만 따라오는고.
어허 너허.
북망산이 어떻기에 만고영웅 다 가시노.
만고영웅 무덤들이 모두 다 북망이니 생각하면 가소롭다.

- **입장구** 조그마한 장구.
- **명태~대구장** 대구는 생선인 대구와 소리가 같아, 생선인 명태와 관련지은 것이다.
- **순시~청도장** 순시는 높은 벼슬아치가 여러 곳을 돌아다니는 것. 순시 전에 먼저 길을 깨끗이 했기에 순시와 청도(淸道)를 관련지은 것이다.
- **북망산(北邙山)** 무덤이 많은 곳이나 사람이 죽어서 묻히는 곳을 이르는 말.
- **지게 송장** 상여 없이 지게에 맨 송장.

어허 너허.

너 죽어도 이 길이요, 나 죽어도 이 길이라.

북망산천 돌아들 때 어욱새 더욱새, 떡갈나무 가랑잎, 잔 빗방울, 큰 빗방울, 소소리 바람 뒤섞이어 으르렁 시르렁 슬피 불 때 어느 벗님 찾아오리.

어허 너허.

술도 부귀도 죽어지면 어디 있나. 어허 너허.

지고 가는 여덟 분이 다 모두 호걸이라,

술과 여자, 풍류 즐기던 기생집을 어찌 잊고 황천 북망 돌아가노.

어허 너허.

한참을 지고 가니 무겁기도 한데, 길가에 있는 언덕에 쉴 자리가 매우 좋다. 네 놈이 함께 쉬어 짐머리 서로 대어 일렬로 부리고 어깨를 빼려 하니 그만 땅하고 송장하고 짐꾼하고 셋이 하나로 붙어서 어떻게 할 수가 없다. 네 놈이 서로 보며 통곡한다.

"애고애고, 어찌할꼬. 천지개벽한 연후에 이런 변고가 또 있을까? 한번 앉은 후에 다시 일어날 수 없으니, 그림 속의 사람인가 법당 안의 부처인가. 애고애고, 설운지고. 오라는 데 별로 없어도 갈 데는 많은 사람들이라. 뎁득이 자네 신세 고향에는 언제 가고, 각설이 우리네는 명절장을 어찌할꼬. 애고애고, 설운지고. 여보시오, 저 여인네. 이게

- **어욱새 더욱새** 어욱새는 억새의 사투리. 더욱새는 운율을 맞추기 위해 덧붙인 말.
- **소소리 바람** 이른 봄에 음산하고 살 속으로 기어드는 듯한 찬바람.
- **정절(貞節)** 여자의 곧은 절개.

다 뉘 탓이오. 죄는 내가 지었으나 벼락은 네가 맞으라고 굿만 보고 앉았으니 그런 인심 어디 있나. 주인 송장, 손님 송장, 여인 말은 들을 테니 빌어나 보소."

이 말 듣고 옹녀가 비는구나.

"여보시오, 강쇠 낭군아! 이것이 웬일인가. 험악하게 죽은 송장 방 안에서 썩을 것을 이 네 사람 덕분에 짊어지고 나왔으니, 가만히 누워 있으면 명당을 깊이 파서 묻어 줄 수 있을 텐데, 아이 밸 때 힘들면 날 때도 힘들다고, 갈수록 이 변고인가. 사람 어디 살겠는가. 집에서라면 우리끼리만 볼 것이나 이러한 큰길에서 이 망신을 어찌할꼬. 날이 점점 밝아 오니 어서 급히 떨어지소. 편안히 장례를 치른 후에 정절을 지키며 무덤을 돌봐 줌세."

뎁득이가 거듭 맹세하며 말한다.

"여인의 치맛귀나 만졌으면 내가 강쇠 아들이오. 어서 초상이나 치릅시다."

옹녀가 계속해서 빈다.

"스님, 초라니, 풍각쟁이 모두 다 각기 제 욕심 때문에 이 지경이 되었소. 누구를 원망해 이 망신을 시키는가. 늦기 전에 장례를 치러야 하니 어서 급히 떨어지소."

아무리 애걸해도 꼼짝도 하지 않는구나.

움 생원도 달라붙다

날이 훤히 밝아 오자 뎁득이가 말한다.

“배고파서 살 수 없네. 옹녀 자네는 바가지 들고 동네로 다니면서 밥을 많이 얻어다가 우리가 먹게 하되, 짚 두어 묶음도 함께 얻어 오소.”

“짚은 무엇하게요?”

“몇 해가 지나든지 목숨 끊기 전까지는 이 자리에 있을 테니, 비 오면 덮을 것을 만들려고 하네.”

옹녀를 보낸 후에 각기 설움 말할 때에, 이것들 앉은 데가 참외밭머리로 참외 한창 열리기 시작하니, 원두막은 아직 짓지 않았으나 밭 임자인 움 생원이 밭 보러 일찍 올라온다. 먼지 낀 묵은 관을 돛 단 듯이 높이 쓰고, 집에서 입던 옷을 그대로 입고, 굽 다 닳은 나막신 신고, 긴 담뱃대 쥐고, 자루가 긴 삽을 짚고 오다가 밭머리에 있는 사람

들을 보고 큰 소리로 악을 쓰며 묻는다.

"너희는 웬 놈이냐?"

뎁득이가 대답한다.

"담배 장사요."

"그 담배 맛 좋으냐?"

"맛 좋은 담배요."

"한 대 떼어 맛 좀 보자."

"와서 떼어 잡수시오."

마음 곧은 움 생원이 담배 욕심 잔뜩 나서 달려들어 손을 쑥 넣으니, 독한 내가 코를 후비는데 손이 딱 붙는구나. 움 생원이 호령하여 말한다.

"이놈, 이게 웬일인고?"

"왜, 어찌하시겠소?"

"괘씸한 놈, 점잖은 양반 손을 어찌 쥐고 아니 놓느냐."

뎁득이와 각설이가 손뼉을 치며 웃는다.

"누가 손을 붙들었소?"

"이것이 무엇이냐?"

"송장 짐이오."

"네 이놈, 송장 짐을 왜 참외밭머리에 놓았느냐?"

"새벽길 가는 사람이 오이밭인지 콩밭인지 알 게 뭐요."

움 생원이 달래며 말한다.

"그렇든지 저렇든지 손이나 떼어 다오."

네 놈이 각각 대답한다.

"내 몸도 어찌할 수 없소."

"내 코가 석 자요."

"내 처지도 마찬가지요."

"내가 할 말을 사돈이 하오."

움 생원이 알아듣고 말한다.

"너희도 붙었느냐?"

"그렇소."

"할 장사가 많고 많은데 송장 장사 어찌하며, 송장이 어디 있어 저리 많이 받아 지고 어느 장을 가려 하느냐. 송장 중에 붙는 송장은 생전 처음 보았으니, 그 사연이나 알게 자세히 말해 보아라."

뎁득이가 사연을 말한다.

"지리산 속에 예쁜 여인이 험악하게 죽은 남편의 장례를 치러 주면 함께 살자고 한다기에, 그 집을 찾아가니 송장이 여덟이라. 간신히 각설이 세 사람과 둘씩 지고 여기에 왔더니, 나도 붙고 거기도 붙어 오도 가도 못하고 있는 것이오. 그 까닭은 알 수 없소."

"그렇다면 좋은 수가 있다. 오고 가는 사람들을 보는 대로 불러들여 무수히 붙게 하면 시간도 보낼 수 있고 뗄 방법도 생각날 것이니, 그 밖에 다른 수가 없다."

"내가 하고 싶지 않은 일을 남에게 하도록 해서는 안 된다고 했으나, 궁지에 빠지면 못할 일이 없다고도 했으니, 그대로 해 보시오."

옹 좌수와 사당들도 달라붙다

이때에 사당패 거사들이 창원, 마산, 밀양, 삼랑진 등 그 근방을 가느라고 앞으로 지나다가 옹 생원을 보고 절을 한다.

"소인 문안이오."

그 뒤에 머리를 곱게 땋아 내린 사당패 계집들이 크게 '하하하' 웃으면서, 고운 목소리로 '재잘재잘' 말하면서 무수히 오는데, 다리가 아파 지팡막대 짚기도 했고, 거사 등에 업히기도 했으며, 수건으로 머리를 동여매고 긴 담뱃대를 물기도 했다. 옹 생원이 사당들을 부른다.

"얘, 사당들아. 너의 장기대로 소리 한 마디씩 잘만 하면, 맛 좋은 잎담배 두 두름씩 줄 것이니 쉬어 가거라."

이것들이 담배라면 밥보다 더 좋아한다.

"그리하옵시다."

놀이판을 차린듯이 길 건너편에 쭉 늘어앉아, 처사들은 작은북을 치고 사당들은 순서대로 나아간다. 나이 어린 사당이 먼저 나서 발림을 곱게 한다.

산천초목이 모두 우거지니 구경 가기 즐겁도다. 이야어.
장송은 늘어지고 기러기 펄펄, 낙락장송이 다 떨어졌다. 이야어.
성황당 궁벅궁새야 이리 가며 궁벅궁,
저 산으로 가며 궁벅궁, 아무래도 네로구나.

움 생원이 칭찬하며 부른다.

"잘한다, 내 옆에 와서 앉아라. 네 이름이 무엇이냐?"

"초월이오."

또 한 명이 나선다.

숲은 무성한데 저문 날에 해는 어이 더디 가고,
오동나무에 밤비 내리는데 밤은 어이 길었는고.
얼씨구절씨구 말 들어 보아라,
해당화 그늘 속에 비 맞은 제비같이 이리 흐늘 저리 흐늘,

- **거사**(居士) 사당패에서, 각 놀이 종목의 으뜸가는 사람.
- **발림** 판소리에서 소리의 내용에 맞춰 몸짓이나 손짓으로 하는 동작.
- **성황당**(城隍堂) 서낭신을 모신 집인 '서낭당'의 원말.

흐늘흐늘 넘는다.
이리 보아도 일색이요, 저리 보아도 일색이요,
아무래도 네로구나.

"잘한다. 네 이름은 무엇이냐."
"구강선이오."
한 명이 또 나선다.

오돌또기 춘향, 봄 향기 피어나고 달은 밝으며
명랑한데,
여기저기 없어 버리고 말이 안 되는 경치로다.
만첩청산을 쑥쑥 들어가서
늘어진 버드나무 들입다 덤뻑 휘어잡고
손으로 주르르 훑어다가 물에다 둥둥 띄워 두고
둥덩둥실 둥덩둥실 여기저기 없어 버리고
말이 안 되는 경치로다.

"어, 잘한다. 네 이름은 무엇이냐?"
"일점홍이오."
또 한 명이 나선다.

갈까 보다 갈까 보다, 임을 따라 갈까 보다.
잦힌 밥을 못 다 먹고 임을 따라 갈까 보다.

경사진 산성 기울어진 길로 배부른 처자가
앙금살살 게게 돌아간다.

"잘한다, 네 이름은 무엇이냐?"
"설중매요."
또 한 명이 나서며 〈방아 타령〉을 한다.

사신 행차 바쁜 길에 마중하여 쉬는 곳이 중화,
산도 첩첩 물도 콸콸 기자왕성이 평양,
모닥불에 묻은 콩이 튀어나니 태천,
푸른 하늘에 뜬 까마귀 울고 가니 곽산,
차던 칼을 빼어 내니 하릴없는 용천,
청총마를 둘러 타고 돌아보니 의주.

- **오돌또기** 제주도 민요의 하나.
- **말이~경치로다** 임이 없어서 좋은 경치를 즐길 수 없다는 뜻.
- **만첩청산(萬疊靑山)** 겹겹이 둘러싸인 푸른 산.
- **잦힌 밥** 밥물이 잦아지게 한 밥.
- **중화(中和)** 평안남도의 남부에 있는 군. '길을 가다 먹는 점심'도 '중화(中火)'라 한다.
- **기자왕성(箕子王城)** 중국 주나라 말기에 주자가 와서 세웠다는 기자 조선의 도읍지인 평양. 평양은 평안남도 서남쪽에 있는 도시.
- **태천(泰川)** 평안북도 서남부에 있는 군.
- **곽산(郭山)** 평안북도 남부 해안에 있는 군.
- **용천(龍川)** 평안북도 서북부에 있는 군. 옛날 장수들이 쓰던 보검을 용천검(龍泉劍)이라 했다.
- **청총마(靑驄馬)** 갈기와 꼬리가 푸르스름한 백마.
- **의주(義州)** 평안북도 서북부에 있는 군.

"잘한다. 네 이름은 무엇이냐?"

"월하선이오."

또 한 명은 〈자진방아 타령〉을 한다.

누각골 처녀는 쌈지 장사 처녀, 어라디야 방아로다.
왕십리 처자는 미나리 장사 처자,
순천 담양 처자는 바구니 장사 처자,
영암 처자는 참빗 장사 처자.

"어, 잘한다. 네 이름은 무엇이냐?"

"금옥이오."

이렇게 한참을 놀았던 것이다.

이때에 향소의 옹 좌수는 휴가를 얻어 집에 갔다 돌아오는 길이었다. 도포 입고 안장을 깐 말을 타고 하인을 뒤따르게 하여 달래달래 돌아가고 있는데, 움 생원이 부른다.

"여보시오, 옹 좌수. 자네가 좌수로 권세가 좋아 나쁜 일을 꾸미는 출패나 무서워하지, 나 같은 가난한 사람은 보고도 못 본 체하고 지나가니, 부귀를 누리는 사람이 남에게 교만하게 군다는 말은 자네 두고 한 말일세."

좌수가 할 수 없이 말에서 내려 걸어오니 움 생원이 제 옆에 앉힌다. 좌수가 묻는다.

"생원의 평생 행세를 내가 대강 짐작은 하지만, 이러한 큰길가에서 사당패 계집을 끼고 노는 것은 뜻밖의 일이오."

움 생원이 웃으며 말한다.

"꿈같은 우리 인생 육십이 가까우니 남은 날이 며칠인가? 예의, 도리 따위는 벗어던지고 놀아 보세. 얘, 옥천집아! 좌수님 들으시게 시조나 하나 해 보아라."

그렁저렁 장난하며 놀다가 좌수가 하직한다.

"향소에 일이 많아서 이만 총총 돌아가니, 생원께서는 사당 계집하고 더 노시지요."

"자네 말대로 하지."

옹 좌수가 불끈 힘을 주고 일어서려 하는데, 엉덩이가 떨어지지 않는다.

"애고, 이게 웬일인가?"

움 생원은 좋다고 바로 웃기만 한다.

"허허, 내 말 들어 보소. 좌수는 내게 비하면 지식도 더 많고, 서울도 들락날락했고, 읍내에서 오랫동안 사또도 모셨고, 일 잘 아는 아전 친구들도 당연히 많았을 것이네. 자네 혹시 송장이 붙는다는 말을 들

- **누각골**(樓閣-) 옛날 서울의 누상동, 누하동을 이르는 말. 이 일대는 유명한 쌈지 생산지였다.
- **쌈지** 담배나 불꽃을 일으키는 부시 등을 담는 주머니.
- **향소**(鄕所) 고려, 조선 시대 때 지방에서 수령을 보좌하던 자문 기관.
- **좌수**(座首) 향소의 우두머리.
- **출패**(出牌) 시골에서 못된 무리가 못된 짓을 꾀할 때 밖에 나가서 일을 꾸미는 사람.
- **아전**(衙前) 조선 시대에, 중앙과 지방의 관아에서 수령을 보좌하던 구실아치.

어 본 적이 있는가?"

옹 좌수가 귀가 매우 밝아 깜짝 놀라며 급히 묻는다.

"이것이 송장인가?"

"그것이 무엇인가는 장차 말하려니와, 송장이 붙는다는 말을 혹 어느 책에서든 보았는가?"

옆에 있던 사당들이 깜짝 놀라 일어서니 모두 다 붙었구나. 요망한 이것들이 가지각색으로 반응한다. '애고애고' 하고 우는 년, 먼 산 보고 기막히다는 표정을 짓는 년, 움 생원 바라보면서 더럭더럭 욕하는 년, 제 화에 제 머리를 으등으등 찧는 년. 이러한 광경에 옹 좌수는 어이없어 아무 말도 못하는데, 구경하던 사람이 우두커니 앉았다가 나서며 말한다.

“여보소, 저 짐이 모두 다 송장이오?”

“하나씩이면 좋게.”

“둘씩이란 말인가?”

“대충 그렇소.”

“어느 고을에 송장 풍년이 그리 들었기에 이처럼 흉한 것을 지고 왔소?”

움 생원이 뎁득이가 했던 말을 그대로 하니, 옹 좌수와 사당들이 서로 보면서 걱정한다. 오는 사람, 가는 사람 구경하느라 가지 않고, 먼데 마을 사람, 근처 마을 사람 모두 구경하러 모여드니, 그리저리 모인 사람이 전주 장날에 모인 사람보다도 더 많았다.

조선 후기의 연희 집단

춤추고 노래하고, 놀이판을 벌여 보세!

강쇠가 죽자 옹녀는 장사를 지내 줄 남자를 찾아 나섭니다. 옹녀 혼자서는 장사를 치르기 어렵기 때문이지요. 중과 초라니 패와 풍각쟁이 패가 강쇠의 장사를 지내 주겠다고 나섰다가 죽게 됩니다. 이 중 초라니 패와 풍각쟁이 패는 조선 후기의 연희 집단이지요. 덩달아 죽은 여덟 송장을 옮기는 과정에서 송장에 달라붙게 되는 이들도 있습니다. 뎁득이와 각설이패, 움 생원, 옹 좌수, 사당패가 바로 그들이지요. 사당패 또한 조선 후기의 연희 집단입니다. 이처럼 《변강쇠전》에서 나오는 강쇠의 저주와 관련된 서술과 묘사는 조선 후기 연희 집단에 대한 역사적 기록이기도 합니다.

놀이판을 찾아다니던 조선 후기의 유랑 예인 집단

조선 후기에는 남사당패, 사당패, 대광대패, 솟대쟁이패, 초라니 패, 풍각쟁이 패, 광대패, 걸립패, 중매구, 굿중패 등 다양한 명칭의 유랑 예인 집단이 있었습니다. 사당패와 남사당패는 마을과 장터, 파시(波市)를 찾아 떠돌아다녔고, 대광대패와 솟대쟁이패는 주로 장터를 찾아다녔지요. 다른 연희 집단은 주로 마을을 찾아다니며 놀이를 했습니다.

초라니 패

원래 '초라니'는 요사스럽게 생긴 가면을 가리키는 말이었습니다. 초라니 패는 '초라니굿'이라 부르는 간단한 가면극을 하며 익살스러운 흉내 내기와 풍물, 얼른(마술), 죽방 받기 등을 공연하며 떠돌아다녔습니다. 초라니굿은 서울·경기의 산대놀이 가면극과 경상남도의 오광대 가면극이 합쳐진 형태였습니다. 초라니의 연희적 특징은 음악이나 특출한 기예보다는 익살스런 행동이나 고사 소리를 중심으로 한 노래에 있었습니다. 서울 수국사에서 소장하고 있는 탱화(1832)에는 초라니가 장구를 어깨에 메고 솟대에 오르고 있는 모습이 그려져 있는데, 가면을 쓰고 있는 그 얼굴이 《변강쇠전》에서 묘사한 모습과 똑같다고 합니다.

풍각쟁이 패

풍각쟁이 패는 판소리, 퉁소, 북, 가야금, 검무를 공연했습니다. 서울 봉은사에서 소장하고 있는 탱화(1892)에는 퉁소쟁이 소경, 검무쟁이, 가얏고쟁이, 해금쟁이, 북쟁이가 묘사된 풍각쟁이 패가 그려져 있습니다. 《변강쇠전》에서도 판소리 가객, 퉁소쟁이 소경, 검무쟁이, 가얏고쟁이, 북쟁이가 등장하지요. 풍각쟁이 패는 대부분 장애인으로 구성되었다고 합니다.

사당패

사당패의 주요 구성원은 여자들이어서 '여사당'으로도 불렸습니다. 사당패는 노래도 부르고 춤도 추고 때론 매음(賣淫)도 했습니다. '화주' 또는 '모갑이'라고 부르는 우두머리가 있고, 그 밑으로 '거사'라는 사내들이 제각기 사당 하나씩과 짝을 맞추었지요. 모갑이는 사당패를 통솔하고 수입을 분배하는 조직의 대표자였으며, 거사들 중 우두머리인 수거사는 공연을 지도하는 역할을 했습니다. 사당패의 공연 종목은 사당법고춤, 소리, 줄타기의 세 가지였습니다. 사당은 춤을 추고 노래하며, 거사는 소고를 치면서 어울려 공연하는 것이 사당패의 기본 공연이었지요.

드디어 떨어지다

구경꾼 모인 데는 엿장수가 먼저 아는 법이다. 엿장수가 삿갓 쓰고 엿판 메고 가위를 치고 외치며 온다.

"호두엿 사오, 호두엿 사오. 계피, 생강까지 들어간 호두엿 사오. 가락이 굵지만 딱딱하지는 않소. 콩엿을 사려우, 깨엿을 사려우, 늙은이 기침에 좋은 수수엿을 사려우."

여러 사람이 호두엿을 사 먹으며 말한다.

"이것은 원혼이기 때문이라, 굿을 해 주면 귀신이 감동하여 반드시 떨어질 것이오."

목 좋은 무당을 급히 부르고, 좌수가 돈을 내서 굿상을 차려 놓으니, 무당이 굿거리장단에 맞춰 춤도 추고 소리도 한다.

어라 만수 저라 만수.

넋이로다 넋이로다, 청산에 넋이로다.
옛사람 누구누구 오랜 세월 원혼이 되었는고.
적막한 산, 달 밝은 밤 두견새는 촉나라 망제의 넋일런가.
무관의 봄바람에 우는 새는 초 회왕의 넋이로다.
어라 만수.

푸릇푸릇 고운 치맛빛은 우미인의 넋일런가,
둥근 패옥은 왕소군의 넋이로다.
어라 만수 저라 대신.

넋일랑은 넋반에 담고 몸일랑은 꽃제단에 뫼셔,
밥, 돈, 무명, 오색 깃발 갖춰 놓고 넋을 불러 앉혀 보자.
어라 만수 저라 대신.

저승세계 열 대왕님이 부리는 저승사자들이,
죽은 이를 잡아갈 때 뉘가 감히 거역할까.
어라 만수 저라 대신.

제 아무리 황제라도 높은 벼슬 했다 해도 거역할 수 없고,

- **원혼(冤魂)** 분하고 억울하게 죽은 사람의 넋.
- **적막한~넋일런가** 촉나라 망제가 원통하게 죽어서 된 새가 소쩍새라고 한다.
- **무관의~넋이로다** 초나라 회왕은 굴원의 만류에도 불구하고 진왕의 초청에 응해 무관에서 피살되었다.
- **패옥(佩玉)** 옷에 차던 옥 장식.
- **넋반(-盤)** 넋을 담는 데 쓴다고 하는 작은 상.

천석 부자 만큼 부자라도 돈을 주고 면하겠는가.
멀고 먼 황천길을 가자 하면 따라가네.
어라 만수 저라 대신.

지장보살 장한 공덕, 중생 구제하려 하고
지옥문을 닫아 놓고, 극락길을 가르칠 새
불쌍한 여덟 목숨 제 명에 죽지 못했으니,
어느 대왕께 매였으며, 어느 사자 따라갈까.
어라 만수 저라 만수.

지하에 맨 데 없고, 인간에 주인 없어
원통히 죽은 혼이 몸을 지켜 있는 것을
무지한 인생들이 공경할 줄 모르고서
손으로 만져 보고 걸터앉기 괘씸쿠나.
어라 만수 저라 만수.

옹 좌수 자넬랑은 한 고을의 좌수요,
읍 생원 자넬랑은 양반의 도리로서
귀신 대접을 어이 그리 모르던가.
어라 만수 저라 대신.

사당, 처사, 명창, 가객, 오입쟁이들아!

• **지장보살(地藏菩薩)** 무속과 불교의 세계에서, 모든 중생을 교화하는 큰 사랑의 보살.

너의 행세로 짝을 얻을 수 있겠느냐.
비옵니다, 여덟 혼령 무지한 저 인생들 허물도 과도 말고,
이 잔치, 이 놀이에, 춤이나 추고 놀다 가세.
어라 만수 저라 만수.

우두커니 짐꾼 넷만 남겨 놓고 위에 붙은 사람들은 모두 다 떨어져서, 무당에게 치하하고 덴득이, 각설이에게 각각 하직하는구나.

각설이들도 떨어지다

이것들이 식구 많이 있을 때는 시간 보내기 좋았더니 비 오는 날 장이 파하듯 순식간에 흩어지니 심심하여 살 수 있나. 뎁득이가 그래도 서울 사람이라, 강쇠 송장에게 불쌍히 사정하며 빈다.

"옛적 의기 있는 남자의 원통히 죽은 혼을, 그 마음 아는 벗을 못 만나면 위로할 이 뉘 있으리. 역수 가 찬바람에 연나라 태자를 하직하고 함양에서 죽었으니 협객 형경이 불쌍하고, 계명산 밝은 달에 우미인을 이별하고 오강에서 자결하니 패왕 항우 가련하다.

- **역수~불쌍하고** 연나라 태자가 진나라 왕을 죽이기 위해 보낸 자객이 형경인데, 역수 근처에서 연 태자와 헤어져 진왕을 죽이려다 실패하고 함양에서 죽었다.
- **협객(俠客)** 호방하고 의협심이 있는 사람.

변강쇠는 협기 있는 남자로서 술 먹기에 으뜸이요 기생집에 두목이니, 간 데마다 이름 있고 사람마다 무서워한다. 꽃 같은 저 미인과 백 년을 살잤더니 이슬 같은 이 목숨이 하루아침에 돌아가니 원통하고 분한 마음 눈을 감을 수가 없어서, 뻣뻣하게 선 장승 송장 되었구나.

스님은 부처님의 제자로서 불경을 외우고 불도를 닦았으면 흰 구름 푸른 산에 간 데마다 도방이요, 비단 가사 연화탑에 열반하면 부처 될 것을, 잠시 음욕 못 참아서 비명횡사하고 거적송장 되었구나.

초라니 자네는 동냥 고사하느라고, 낯에는 탈을 쓰고, 목에는 장구 메고, 돈푼 쌀줌 얻자 하고 이 집 저 집 다닐 적에, 따르는 것이 아이들이요 짖는 것이 개 소리라, 타고난 복이 이러한데 가망 없는 미인 생각에 제명대로 못 다 살고 남의 집에 붙음 송장 되었구나.

풍류 한량 다섯 분은 오입 맛이 한통속이라. 〈춘향가〉 가객이 앞을 서고 가야금에 퉁소 소리, 칼춤에 서서 치는 북장단, 주막거리 시장판이며 큰 동네, 큰 장터에 동무 지어 다니면서 풍류로 먹고사니, 눈치도 환할 테요 사리도 알 터인데, 송장을 쳐낸대도 제 집은 하나뿐, 누구 혼자 좋은 꼴 보이려 한꺼번에 달려들어 한날한시에 여덟 송장이 되니, 각기 다 원통한 송장이라. 살았을 때 집이 없고 죽은 후에 자식 없어 뼈를 묻어 줄 이 뉘 있으며, 슬픈 바람 지는 달에 '애고애고' 우는 혼을 위로할 이 뉘 있으리.

생각하면 허사로다, 욕심 부려 쓸데 있나. 이승의 원통한 마음 다 버리고 저승의 염라왕을 찾아가 절절이 아뢰어서 후생의 복을 얻어 부귀한 집에 다시 태어나면 당신네 몸은 푸른 산에 터를 잡아 각각 장례 치른 후에 매년 기일 돌아오면 내가 제사 지내 줄 것이니 제발 떨어지오."

불쌍히 여겨 달라 빈 후에 네 놈이 불끈 일어서니 모두 다 떨어졌다.

- **도방**(道房) 도를 닦는 곳.
- **연화탑**(蓮花塔) 극락세계에 있는 탑.
- **기일**(忌日) 해마다 돌아오는 제삿날.

돌아가는 뎁득이

북망산에 급히 가서 송장 짐을 부린다. 석 짐은 다 부렸는데, 뎁득이가 짊어진 강쇠와 초라니 송장은 등에 붙어 뗄 수 없다. 각설이패 세 동무가 여섯 송장을 묻어 주고 하직하고 간 후에, 뎁득이가 사방을 둘러보니 큰 소나무 두 그루가 나란히 서 있다. 두 소나무 한가운데 빈틈으로 두 주먹을 불끈 쥐고 달음박질해 그 틈으로 쑥 지나가니 짊어진 송장 짐이 '우두둑' 떨어진다. 송장 두 토막은 땅에 '절퍽' 떨어졌는데, 가운데 한 토막은 등에 붙어 암만해도 뗄 수 없다. 좋은 절벽 찾아가서 등을 가는데, 갈이질 사설이 들을 만하다.

어기여라 갈이질!

쇠로 만든 방앗공이 갈듯 문장 공부 갈이질.

십 년 내내 칼 가는 협객의 갈이질.

어기여라 갈이질.

봄바람에 저 나비가 향내만 찾아가다 거미줄을 몰랐으며,

따뜻한 볕에 저 장끼가 소리만 찾아가다 포수가 내는 암꿩 소리 몰랐구나.

어기여라 갈이질.

먼저 죽은 여덟 송장 앞서 교훈 주었는데,

철모르는 이 인생이 그 뒤를 밟았구나.

어기여라 갈이질.

네 번째 죽은 목숨 간신히 살았으니 좋을시고.

부질없는 세상살이 욕심 참고 사람 되세.

어기여라 갈이질.

몽땅 갈아 버린 후에 옹녀에게 하직한다.

"좋은 남자 잘 가려서 백년해로하도록 하오. 나는 고향 돌아가서 처자식과 함께 지낼 테오."

그렇게 말하고 돌아가니 개과천선이 아닌가.

여자의 아름다움이 영원할 줄 알았더냐! 월나라가 망한 후에 서시가 소식 없고, 동탁이 죽은 후에 초선이 간 데 없다. 이 세상 오입쟁

- **방앗공이** 절구나 방아확에 든 물건을 찧거나 빻는 기구.
- **개과천선(改過遷善)** 지난날의 잘못이나 허물을 고쳐 올바르고 착하게 됨.
- **동탁이~없다** 동탁은 중국 후한 말기의 무장으로, 황제를 능가하는 절대 권력을 누렸다. 왕윤이 양녀 초선의 미모를 이용해 동탁과 부하 여포를 이간질해, 여포가 동탁을 죽이고 초선을 차지했다.

이들이, 그렇게 살다가는 끝내 원통한 죽음을 맞이한다는 것을 알지 못하고, 얼굴을 곱게 꾸민 음탕한 여자들을 찾아다니다가 얼마나 많은 사람이 평생을 그르쳤는가! 이 이야기 들었으면 깨닫는 바 있을 것이니, 이 이야기 듣는 사람 복 많이 받고 오래오래 부귀하게 행복하게 사옵소서.

깊이 읽기

《변강쇠전》의 남성중심주의와 옹녀의 삶

함께 읽기

혼자된 옹녀는 어떻게 살아가야 할까?

깊이 읽기

《변강쇠전》의 남성중심주의와 옹녀의 삶

◉ 〈변강쇠가〉에서 《변강쇠전》으로

《변강쇠전》은 원래 판소리 〈변강쇠가〉였습니다. 〈변강쇠가〉는 조선 후기에 광대 소리꾼에 의해 공연되던 판소리 레퍼토리로 지금 우리가 알 수 있는 것은 모두 열두 마당입니다. 그 가운데 오늘날 소리로 부를 수 있는, 즉 창이 전해지는 전승 판소리는 다섯 마당이고 창이 전해지지 않아 소리로 부를 수 없는 실창 판소리는 일곱 마당입니다. 이 실창 판소리 일곱 마당 가운데 하나가 〈변강쇠가〉입니다.

〈변강쇠가〉가 판소리 레퍼토리였다는 것을 알려 주는 최초의 기록은 송만재(1834~1849)가 지은 한시인데, 이를 번역하면 다음과 같습니다.

> 큰길가의 장승 패서 장작 삼으니
> 모진 상판 부라린 눈 꿈에서도 호통하네.
> 홍안의 옹녀 청산에서 속절없이 우니
> 오이밭에서 어리석게 달라붙은 자 그 몇이던가!
> – 〈관우희(觀優戲)〉 중에서

강쇠가 장승을 패서 장작을 삼은 대목, 옹녀가 남편을 잃고 산중에서 우는 대목, 오이밭에서 시신을 만지자 달라붙는 대목을 이 시에서 확인할 수 있는데, 바로 〈변강쇠가〉에서 발견할 수 있는 내용들입니다. 이 시가 지어진 해가 1848년이라고 하니, 〈변강쇠가〉는 19세기 중엽 이전부터 공연되던 판소리 레퍼토리라고 할 수 있습니다.

우리에게 오늘날 전해지고 있는, 지금 우리가 감상하고 있는 〈변강쇠가〉 텍스트는 신재효(1812~1884)가 개작한 것입니다. 정노식의 《조선창극사》에 따르면 조선 고종(1852~1919) 때의 명창인 송흥록과 장자백이 〈변강쇠가〉를 불렀다고 하며, 증언에 의하면 1920년에서 1930년대까지도 창으로 불렸다고 합니다. 그렇지만 오늘날 남아서 전해지는 것은 신재효가 개작한 텍스트뿐입니다.

창이 전해지지 않고 신재효가 개작한 텍스트만이 전해진다는 것은 〈변강쇠가〉가 그다지 인기 있는 레퍼토리는 아니었다는 것을 말해 줍니다. 하지만 19세기 후반까지 명창인 송흥록과 장자백이 불렀으며 신재효가 개작한 여섯 마당 안에 들어간 것은 오히려 〈변강쇠가〉가 주목받는 혹은 의미 있는 레퍼토리였다는 것을 반증하는 것이라는 견해도 있습니다.

어찌 됐든 〈변강쇠가〉는 신재효가 개작한 텍스트만이 남아 있고 창이 전해지지 않고 있습니다. 지금 우리에게 남아 있는 《변강쇠가》는 공연되는 연행의 현장을 떠난 텍스트, 소리로 전해지는 것이 아니라 문자로 전해지는 텍스트가 되었습니다. 소리로 불리는 텍스트가 아니라 낭독되고 묵독되는 텍스트가 된 것이지요.

판소리로 연행되는 사설은 〈○○○가〉라 하고, 판소리 사설이 문자로 정착되어 낭독 혹은 묵독되는 텍스트를 《○○○전》이라고 합니다. 《○○○전》은 판소리계 소설이라 하여 판소리와 장르적으로 구분합니다. 큰 차이는 아니지만, 판소리 사설과 판소리계소설의 텍스트는 차이가 있습니다. 향유하고 감상하는 방식에 차이가 있으니 당연한 것이겠지요. 하지만 판소리계 소설의 이본 가운데는 판소리 사설을 거의 그대로 옮겨 놓고 《○○○전》이라 이름붙인 것도 있습니다. 판소리 사설을 그대로 낭독 혹은 묵독할 수 있었기에 그렇게 한 것입니다.

《변강쇠가》의 이본은 4종 정도 있는데, 그 가운데 을묘년 3월에 필사된 김동욱본의 이름은 《변강쇠전》입니다. 신재효가 손을 본 《변강쇠가》를 필사한 것이며, 둘 사이에 거의 차이가 없습니다. 그런데도 《변강쇠가》라 하지 않고 《변강쇠전》이라 한 것을 보면 판소리계 소설로서의 텍스트 유통을 염두에 둔 것임을 짐작할 수 있습니다.

이 책에 실린 《변강쇠전》은 신재효본을 바탕으로 청소년들이 쉽게 볼 수 있도록 고쳐 쓴 것입니다. 물론 원 텍스트에 충실하려고 노력했습니다. 하지만 청소년이 주독자라는 점을 고려해 음란 표현의 수위가 높은 부분은 빼거나 약화시켰습니다. 하지만 빼 버린 부분은 아주 적으며, 가능한 한 원문을 그대로 쉽게 옮기려고 노력했습니다. 이 책은 청소년뿐만 아니라 교사나 일반인이 읽어도 좋습니다. 교사나 일반인이라 하더라도 원 텍스트를 그대로 보기는 매우 어렵습니다. 주석을 달고, 현대 한글 표기로 옮겨 놓은 텍스트가 있으나, 그렇다고 해도 그 내용을 이해하기가 쉽지 않습니다.

신재효가 손을 본 《변강쇠가》는 원래 판소리 〈변강쇠가〉였습니다. 그런데 이 《변강쇠가》는 보고 들으면서 즐기는 '공연 예술'의 맥락에서 이탈되어 '읽는 문학'의 텍스트가 되었습니다. 〈변강쇠가〉가 아니라 《변강쇠전》이 된 것입니다. 이 책의 제목을 《변강쇠가》라 하지 않고 《변강쇠전》이라 한 이유가 여기에 있습니다. 고쳐 쓰는 과정에서 〈○○○가〉로서의 성격이 많이 사라져 버린 것도 중요한 이유입니다.

◉ 강쇠는 왜 죽었나?-《변강쇠전》의 남성중심주의

《변강쇠전》은 한국 사람들에게 친숙한 고전 작품입니다. 물론 두 주인공인 변강쇠와 옹녀 또한 매우 친숙한 인물들입니다. 《변강쇠전》을 읽지 않은 사람들도 '정력이 센 남자' 하면 변강쇠를, '음탕한 여자' 하면 옹녀를 떠올릴 정도입니다. 이는 한국 사람들이, 대중문화 속에서 쉽게 그리고 빈번하게 변강쇠와 옹녀를 만날 수 있었다는 것을 의미하는 것이기도 합니다. 하지만 정규 교육 과정에서는 그렇지 않습니다. 〈변강쇠가〉라는 판소리 작품이 있다는 것을 알게 될 수는 있지만, 이를 제대로 학습할 기회는 없습니다. 물론 가장 큰 이유는 교육 과정에서 가르치기 곤란한 그 '음란함' 때문입니다.

《변강쇠전》은 음란한 텍스트입니다. 하지만 그것은 《변강쇠전》의 한 면일 뿐입니다. 《변강쇠전》은 음란하지만은 않습니다. 하지만 얼핏 보면 《변강쇠전》을 음란한 텍스트라 생각하기 쉽습니다. 두 중심인물인 강쇠와 옹녀를 음란한 인물로 그렸으며, 이 이

야기의 서술자 또한 음란함을 경계하고 있기 때문입니다

> 여자의 아름다움이 영원할 줄 알았더냐! 월나라가 망한 후에 서시가 소식 없고, 동탁이 죽은 후에 초선이 간 데 없다. 이 세상 오입쟁이들이, 그렇게 살다가는 끝내 원통한 죽음을 맞이한다는 것을 알지 못하고, 얼굴을 곱게 꾸민 음탕한 여자들을 찾아다니다가 얼마나 많은 사람이 평생을 그르쳤는가! 이 이야기 들었으면 깨닫는 바 있을 것이니, 이 이야기 듣는 사람 복 많이 받고 오래오래 부귀하게 행복하게 사옵소서.

《변강쇠전》의 마지막 부분에서 서술자는 위와 같이 말합니다. 이 이야기를 듣는 사람들에게, 이 이야기를 듣고 깨달아서 복 받고 행복하게 살라고 합니다. 무엇을 깨달으라고 했나요? 음란한 사람은 불행하다는 것입니다. 오입쟁이 남자인 강쇠가 음탕한 여자인 옹녀를 만나 원통한 죽음을 당한 것은 불행한 죽음이라는 것입니다. 그래서 옹녀를 찾아다니지 말라고 합니다. 음란하게 살지 말라는 것입니다. 성적 '욕망'을 좇지 말라는 것이지요.

《변강쇠전》에는 옹녀를 만나 죽는 남자가 여럿 등장합니다. 우선 변강쇠를 만나기 이전에, 옹녀의 남편이 되었거나 그녀와 접촉했던, 옹녀의 '상부살'로 인해 죽었다는 평안도·황해도의 그 셀 수 없는 남자들, 그리고 쫓겨난 후 옹녀의 남편이 된 변강쇠, 변강쇠의 시신을 처리해 주는 조건으로 옹녀와 접촉했던 중, 초라니, 다섯 명의 풍각쟁이 패, 이들은 모두 옹녀를 만나 죽은 사람들입니다. 서술자의 말에 따르면 음탕한 여자를 찾아다니다가 만나서 원통하게 죽은 남자들이 되겠지요.

하지만 이들의 죽음은 '욕망' 때문이 아닙니다. 강쇠를 보면 알 수 있습니다. 강쇠는 '장승 동티'로 인해 죽었습니다. 나무 대신 장승을 패서 때 장승들에게 복수를 당해 죽은 것입니다. 옹녀는 강쇠와 부부가 된 후 살아가고자 열심히 일을 했습니다. 그런데 강쇠는 그렇지 않았습니다. 노름과 놀이, 주먹질과 술로 살아갔습니다. 옹녀를 의

심해 때리고 싸웠습니다. 옹녀가 지리산으로 가자고 한 것도, 도회지에서는 이런 피폐한 삶에서 벗어날 수 없다고 판단했기 때문입니다. 그렇지만 지리산에 와서도 강쇠는 달라지지 않았습니다. 게으름에서 벗어나지 못했고, 그 결과 장승 동티로 인해 죽게 된 것입니다. 강쇠를 죽음에 이르게 한 병은 '욕망'이 아니라 '나태', 즉 '게으름'입니다.

장승은 마을 입구에 세워 놓은 마을의 수호신입니다. 마을에 해를 끼치는 나쁜 귀신이나 전염병으로부터 마을을 지켜 준다고 생각해 마을 사람들이 세운 것입니다. 꼭 귀신이나 전염병이 아니라 해도 마을 공동체를 해치는 모든 것으로부터 마을을 지키고자 하는 바람의 표현이 장승인 것입니다. 그러므로 이러한 장승의 의미를 부정해 장승에게 죽임을 당하는 강쇠는 나쁜 귀신이나 전염병 같은, 공동체에 해를 끼치는 존재라 해석할 수 있습니다. 게을러서 남편으로서 해야 할 일을 제대로 하지 않고 놀기만 하는 강쇠를 공동체에 해를 끼치는 존재라고 본 것입니다.

중과 초라니, 풍각쟁이 패는 옹녀에 대한 성적 욕망으로 인해 죽게 되었다고 말할 수 있습니다. 죽은 남편을 장사 지내는 일을 도와주면 부부로서 같이 살겠다는 옹녀의 말에 욕망이 발동했으며, 그 욕망으로 인해 강쇠의 저주를 받아 죽게 되었으니, '욕망'이 죽음의 원인이라 말할 수도 있다는 것입니다. 그런데 그들의 욕망이 저주를 받을 정도의, 죽음에 이를 정도의 죄인가에 대해서는 달리 생각해 봐야 합니다.

남편을 잃은 여인의 처지를 이용해 자신의 욕망을 채우고자 한 것은 윤리적으로 떳떳하지 않을 수가 있습니다. 조건 없이 옹녀가 처한 곤경을 해결해 주는 것이 떳떳한 일이었을 것입니다. 하지만 그 조건은 옹녀가 제안한 것이며, 옹녀가 원했던 것입니다. 옹녀에게는 산중에서 여자 혼자 남편의 시신을 장사 지내기 어려운 사정이 있었습니다. 또한 강쇠가 죽었으니 다시 새로운 사람을 만나야 하기도 했습니다. 남편이 죽은 직후니 좀 이른 감이 없지 않으나 남편을 장사 지내는 일을 해결해야 하니 어쩔 수 없는 일이라고 긍정적으로 생각할 수도 있습니다. 하지만 죽은 남편인 강쇠는 이를 용납하지 않고 그들을 죽음에 이르게 했습니다.

> 자네 신세 불쌍하나 아무리 살자고 해도 내 병세가 이리도 심하니 죽지 않을 방도가 없소.
> 이 몸이 죽거들랑 자네가 손수 묻어 주고 삼 년 동안 무덤 곁을 지키면서 아침저녁으로 젯밥이나 올려 주오. 삼 년을 지낸 후에 저승으로 찾아오면 이승에서 못 다한 연분 다시 이어 보고 싶소. 내가 죽은 후에, 열 살도 안 된 아이라도 사내라고 자네 몸에 손대거나 집 근처에 얼씬하면, 그 즉시 죽음을 면치 못할 것이니, 부디부디 그리 마소.

강쇠가 장승의 복수로 온몸에 병이란 병은 죄다 뒤집어쓰고 죽는 순간 옹녀에게 남긴 유언입니다. '네가 손수 장사를 지내라', '삼 년 동안 무덤을 지켜라', '삼 년 후에 저승으로 찾아와라' 하고 말합니다. 혼자 3년 동안 무덤을 돌보다 죽으라는 말이지요. 사내는 누구라도 근처에 얼씬거리기만 해도 죽게 만들 것이라고 경고까지 합니다.

옹녀에게 내린 명령과도 같은 강쇠의 유언은 조선 시대 상층 남성들이 가지고 있었던 생각입니다. 그래서 상층 여성들은 이러한 남성의 윤리적 명령에 따라 개가(남편이 죽은 후 다시 시집가는 일)하지 않고 수절했으며 남편을 따라서 죽는 일도 빈번했습니다. 이렇게 죽은 여성들에게는 열녀라는 칭송과 함께 포상이 내려졌지요. 조선 후기로 가면 하층 여성 가운데서도 열녀가 나왔다는 기록이 있기는 하지만, 하층 여성에게는 이 명령을 강요하지 않았습니다. 그런데 강쇠는 옹녀에게 이 상층 남성들이 갖고 있었던 생각을 따를 것을 명령합니다. 거기서 더 나아가 옹녀와 접촉하는 남자를 죽게 할 것이라고 경고합니다. 그리고 그 말대로 중, 초라니, 풍각쟁이 패가 죽은 것입니다.

유언으로 남긴 강쇠의 생각을 옹녀가 따를 이유는 없습니다. 그것은 옹녀가 하층 여성이기 때문이라서가 아니라, 옹녀가 따르기에는 힘들고 부당한 일이기 때문입니다. 가진 것 하나 없고 주위에 도와줄 사람 하나 없는 옹녀가 혼자서 장례를 어떻게 치르며 3년 동안 어떻게 먹고 목숨을 부지할 수 있겠습니까? 3년 후에 옹녀가 스스로 목숨을 버리는 일은 옹녀 스스로가 선택하면 모를까 강쇠가 요구할 일은 아닙니다. 그렇기에 강쇠의 유언은 오로지 강쇠 자신만을 생각한, 지극히 남성중심적이고 부당한 생각입니다. 남편이 죽으면 따라서 죽고 다른 사람에게 절대 시집가서는 안 되며 혼자 살아야 한다는 요구는 아내의 삶을 자신의 삶의 부속물처럼 여기는, 상대의 삶을 존중하지 않는 잘못된 생각에서 비롯된 것입니다.

그러므로 중과 초라니, 풍각쟁이 패가 죽은 것은 그들의 욕망 때문이 아닙니다. 욕망으로 인해 옹녀와 접촉했기 때문도 아닙니다. 그들의 죽음은 강쇠의 잘못된, 부당한 생각 때문입니다. 작품에서는, 강쇠의 이 부당한 생각에 대한 집착이, 허구의 세계이기에 가능한 강쇠의 저주로 표현되었으며, 이 저주로 인해 그들이 죽은 것입니다. 중과 초라니, 풍각쟁이 패는 강쇠의 잘못된 생각의 피해자라고 할 수 있습니다.

앞서 살펴보았듯이 《변강쇠전》의 서술자는 음탕한 여성을 찾는 남성들은 그 욕망으로 인해 불행한 죽음을 맞게 된다고 경고하고 있습니다. 하지만 그 남성들이 자신의 욕망 때문에 죽은 것은 아닙니다. 서술자는 욕망을 내세웠지만, 겉으로 보기엔 욕망 때문인 것 같지만, 《변강쇠전》을 찬찬히 읽고 따져 생각해 보면 그렇지 않다는 것을 알 수 있습니다. 강쇠를 죽음에 이르게 한 것은 그의 게으름이고, 중과 초라니, 풍각쟁이 패를 죽음에 이르게 한 것은 강쇠의 남성중심적인 잘못된 생각 때문입니다. 아내에게 가족의 생계를 책임지게 하고 자신은 아무 일도 하지 않아도 된다는 생각, 자신이 죽으면 아내가 수절하고 따라 죽어야 한다는 생각의 바탕에는 남성중심적인 잘못된 생각이 자리 잡고 있는 것입니다.

◉ 옹녀는 음탕한 여자인가?-노동하는 생활인, 옹녀

《변강쇠전》에서 옹녀는 음란한 여자로 등장합니다. 서술자는 옹녀를, 남편이 수도 없이 죽고 그래서 셀 수 없이 많은 남편을 얻은 그런 여자라고 소개하면서 《변강쇠전》을 시작합니다.

열다섯에 얻은 서방은 첫날밤에 서로 껴안고 놀다가 죽고, 열여섯에 얻은 서방은 성병에 걸려 죽고, 열일곱에 얻은 서방은 문둥병에 죽고, 열여덟에 얻은 서방은 벼락 맞아 죽고, 열아홉에 얻은 서방은 천하에 도적놈으로 포도청에 잡혀가서 죽고, 스무 살에 얻은 서방은 약을 먹고 죽으니, 서방이라면 생각하기도 싫고 송장 치기도 신물이 난다.
이삼 년씩 걸러 가면서 서방 초상을 치르더라도 소문이 흉악할 텐데, 한 해에 하나씩 초상을 치른다. 이것은 남이 아는 기둥서방, 그 나머지는 몰래 간통한 서방, 은밀하게 정만 준 사내, 잠깐 안아 본 사내, 빨리 안아 본 사내, 입 한번 맞춘 놈, 젖 한번 쥐어 본 놈, 눈으로만 안아 본 놈, 손 만져 본 놈, 심지어 치맛귀에 닿을 듯 얼른 한 놈까지 죽어 나가는데, 한 달에 열을 넘겨 일 년에 백칠십 명, 윤달이 든 해면 이백 명도 더 된다.
어떻게나 싹 쓸었던지 삼십 리 안팎에 상투 올린 사내는 고사하고 열다섯 넘은 총각도 없어, 계집이 밭을 갈고 처녀가 집을 지으니 황해도와 평안도, 두 도의 관가에서 의논한다.

아무리 상부살이 낀 그런 여자라 해도 옹녀 때문에 황해도·평안도 두 도에 열다섯 넘은 남자가 없게 되었다니, 대단히 심한 과장이라 아니 할 수 없습니다. 이 과장을 통해, 인연을 맺기만 하면, 아니 살짝 접촉만 해도 남자를 죽음에 이르게 하는 바이러스의 '슈퍼 전파자'로 옹녀를 생각하게 만듭니다. 옹녀가 '슈퍼 전파자'가 되지 않으려면 남자와의 접촉을 차단해야 하겠지요. 옹녀는 남자에 대한 욕망을 버리고 더 이상 그들과 접촉을 하지 말아야 합니다. 그런데도 옹녀는 두 도의 남자들이 모조리 죽을 정도로 그들과 접촉을 하니 옹녀를 음란한 여자라고 생각하게 됩니다.

하지만 이것은 과장된 서술을 통해 만들어진 이미지지요. 현실에서는 이러한 일이 있을 수 없습니다. 조선 시대의 상층 여성은 개가를 할 수 없었습니다. 그러니 이런 일은 상층 여성에게는 당연히 있을 수 없는 일입니다. 옹녀와 같은 하층 여성은 개가할 수 있었지만, 현실적으로 남편이 죽어 개가를 한다면 몇 번이나 하겠습니까? 발생하기 어려운 일이지만, 개가를 할 때마다 남편이 죽을 수도 있습니다. 하지만 그 원인과 책임을 여성에게 물을 수는 없습니다.

옹녀와 같은 하층 여성은 개가를 할 수밖에 없습니다. 혼자서 먹고살 수 없기 때문이지요. 그렇다고 개가를 하지 않으면 나라에서 '복지 연금'을 주는 것도 아닙니다. 말로는 "천한 것들이 무슨 윤리를 알고 그것을 지킬 수 있겠느냐."라고 했지만 개가를 하지 않으면 먹고살 수 없다는 것을 알기에 하층 여성에게까지 개가를 금지할 수는 없었던 것입니다. 특히 옹녀는 함께 살아갈 가족이 아무도 없습니다. 그렇기에 반드시 남편, 즉 남자를 만나 서로 의지하며 살아야 했습니다.

《변강쇠전》에서 옹녀는 음란한 여성의 이미지로 그려져 있지만, 또한 당당한 여성으로 그려져 있습니다. 황해도와 평안도에서 자신을 내쫓자 옹녀는 "어허, 인심 참 흉악하다. 황해도, 평안도 아니면 살 데가 없을까. 삼남 사내들은 더 좋다더라." 하고 악을 씁니다. 잘못을 깨닫지 못해서도, 부끄러움을 몰라서도 아닙니다. 잘못한 것이 없기 때문이고, 부끄러운 일을 하지 않았기 때문입니다. 남자를 만나서 사랑하고 함께 살아가고자 했을 뿐인데 옹녀가 당당하지 못할 게 무엇이 있겠습니까?

《변강쇠전》에서 옹녀는 노동하는 생활인의 모습으로도 그려져 있습니다. 강쇠를 만나 도회지에서 살림을 차린 옹녀는 닥치는 대로 장사를 하고 날품을 파는 등 가리지 않고 일을 해 돈을 모읍니다. 하지만 강쇠는 여자, 온갖 놀이, 술로 옹녀가 모은 돈은 물론, 옷과 세간까지 모두 다 탕진합니다. 옹녀는 아무 일도 하지 않고 남자에게 기생하기 위해 강쇠를 만난 것이 아니지만, 강쇠는 아무 일도 하지 않고 여자에게 기생하기 위해 옹녀를 만난 것입니다.

옹녀는 성적으로 매력적인 여자입니다. 그렇기에 그렇게 많은 남성이 접근하고 접촉한 것 아니겠습니까? 옹녀는 매력적인 데다 분별력도 있습니다. 중이 자신을 안으려 하자 옹녀는 죽은 남편이 방에 있는데 그래서는 안 된다고 책망합니다. 주체할 수 없는 성적 욕망으로 인해 언제 어느 곳에서나 어느 상황에서나 자신의 욕망을 발동하는 그런 여자가 아닙니다. 《변강쇠전》의 서술자는 옹녀를 음탕한 여자라고 말합니다. 하지만 옹녀는 음탕하지만은 않습니다. 음탕한 면이 있기는 하지만 비난받을 만한 것은 전혀 아닙니다.

뎁득이의 깨달음과 옹녀의 행방

《변강쇠전》의 서술자는 이야기를 끝맺으면서 독자에게 깨닫는 바가 있을 것이라 했습니다. 깨닫고 행복하게 살라고 했습니다. 물론 그 깨달음은 음란하게 살아서는 안 된다는 것입니다. 《변강쇠전》에 등장하는 인물 가운데 뎁득이는, 강쇠의 시신 처리 과정에서 서술자가 말한, 바로 그 깨달음을 얻는 인물입니다. 서술자는 직접 자신의 생각을 드러내기도 하지만 뎁득이를 내세워 생각을 드러내기도 합니다.

뎁득이는 재상댁에서 말을 부리는 종으로 탈춤의 말뚝이에 해당하는 인물입니다. 남편 장례를 치러 주면 같이 살겠다는 여인이 있다는 말을 듣고 옹녀를 찾아갔으나, 시신의 눈을 갈퀴로 긁다가 눈알이 튀어나오자 도망가는 인물입니다. 옹녀를 욕망하지만 소심한 그런 인물이라 말할 수 있습니다.

그런데 그런 소심한 인물이 강쇠의 저주를 해결합니다. 옹녀가 간곡히 부탁하자, 떡메로 벽을 쳐서 시신을 눕히고, 강쇠 시신에게 빌어서 붙었던 몸을 떨어지게 합니다. 그리고 끝까지 등에 붙어 떨어지지 않는 시신은 절벽에 갈아 없애 버립니다. 갈이질을 하면서 뎁득이는 다음과 같이 소리합니다.

> ……
>
> 먼저 죽은 여덟 송장 앞서 교훈 주었는데,
> 철모르는 이 인생이 그 뒤를 밟았구나.
> 어기여라 갈이질.
> 네 번째 죽은 목숨 간신히 살았으니 좋을시고.
> 부질없는 세상살이 욕심 참고 사람 되세.

어기여라 갈이질.

뎁득이는 자신이 철이 없었음을 깨달았습니다. 세상살이가 부질없다는 것도 깨달았습니다. 욕망 때문에 하루아침에 느닷없이 죽은 시신을 보고 깨달은 것이겠지요. 철이 없다는 것은 욕심을 참지 못했다는 것입니다. 욕심을 참아야 사람처럼 살 수 있는데, 그러지 못했다는 것입니다. 그래서 사는 동안 사람처럼 살겠다고 합니다. 갈이질을 끝내자, 옹녀에 대한 욕망을 버리고 고향으로 돌아가서 처자식과 함께 지내겠다고 합니다. 옹녀에게는 좋은 남자 잘 가려서 백년해로하라고 당부합니다. 뎁득이의 이 말이 끝나자 서술자는 뎁득이가 개과천선했다고 칭송합니다.

뎁득이는 고향도 있고 처자식도 있습니다. 그런데 타향에서 옹녀를 욕심냈으니, 뎁득이의 욕심은 지나친 욕심, 즉 탐욕입니다. 탐욕은 자신을 포함해 주위 사람들에게 고통을 안겨 주므로 참아야 합니다. 그런데 《변강쇠전》에 등장하는 다른 남성 인물들도 탐욕을 부렸나요? 옹녀의 상부살로 인해 죽었다는 그 남성들, 그리고 강쇠, 중, 초리니, 풍각쟁이 패, 그들이 옹녀를 만나 인연을 맺은 것을 탐욕이라 말할 수 있나요? 그렇지는 않습니다. 그들은 모두 옹녀와 인연을 맺을 수 있는 사람들입니다. 옹녀를 만난 것을 잘못된 일이라 말할 이유는 전혀 없습니다.

그럼에도 불구하고 그 남성들을 비난할 수 있다면 그것은 남편이 죽어 과부가 된 여성과 접촉하고자 했기 때문일 것입니다. 과부의 수절을 방해한 남성들이라는 것이지요. 물론 비난할 수 있는 것은 '수절'을 반드시 지켜야 할 윤리적 덕목으로 생각하기 때문입니다. 여기에 더해서 비난할 수 있는 이유를 찾자면, 그것은 강쇠에게만 해당될 터이지만, '좋은 남편'이 아니기 때문일 것입니다. 강쇠는 옹녀에게 기생해 옹녀를 착취해 살아가는 인물이며, 옹녀를 자신의 부속물로 여기는 인물이기 때문입니다.

뎁득이는 옹녀에게 좋은 남자 잘 가려서 백년해로하라고 말하고는 떠났습니다. 그런데 좋은 남자는커녕 옹녀에게 남자가 접근하는 것조차 가능해 보이지 않습니다. 이미 《변강쇠전》은 강쇠의 저주를 통해 그것을 경계했고, 뎁득이를 통해 깨닫게 했으며, 마지막으로 서술자는 그것을 해서는 안 되는 음란한 일이라 규정했기 때문입니다. 옹녀에게 '남성 접근 금지령'을 내렸는데, 옹녀가 어떻게 남성을 만날 수 있겠습니까?

옹녀가 '좋은 남자'를 만나는 것은 더더욱 불가능해 보입니다. 《변강쇠전》은 강쇠 같은 '나쁜 남자'를 내세워 '탐욕'을 경계하고 있는데, 강조점은 후자에 있습니다. 그래서 '강쇠 같은 남자'가 '나쁜 남자'라는 것을 알아채려면, 매우 세밀하게 읽으면서 분석하고 해석해야 합니다. 그렇지 않으면 '좋은 남자'가 '강쇠 같지 않은 남자'임을 알기 어렵습니다. 사실 뎁득이가 말한 '좋은 남자'도 '강쇠 같지 않은 남자'를 의미하는 것은 아닌 듯합니다.

강쇠의 저주에서 벗어나고 뎁득이도 떠난 후, 옹녀는 어떻게 살고 있을까요? 홀로, 하층 여성의 고단한 삶을 살아가고 있을까요? 강쇠와 비슷한 남자를 만났을까요? 아니면 강쇠와 전혀 다른 남자를 만났을까요? 《변강쇠전》에서 옹녀와 같이 남편 잃은 여자를 만나서는 안 된다고, 그러면 불행해진다고 남성들에게 경고를 했으니, 혼자 힘들게 살고 있을까요? 알 수 없습니다. 하지만 큰 걱정은 하지 않습니다. 옹녀는 씩씩한 여성이기 때문입니다.

함께 읽기

혼자된 옹녀는 어떻게 살아가야 할까?

- 옹녀는 열다섯 살에 처음 시집가서 첫날밤에 남편이 죽었습니다. 그 후로 접촉만 해도 남자들이 수없이 죽어 나갔습니다. 그 결과 옹녀는 황해도, 평안도 두 도에서 쫓겨났습니다. 옹녀의 집을 헐어 버리고 강제로 쫓아낸 것이지요. 과연 옹녀는 무슨 잘못을 한 것일까요?

- 옹녀는 청석관에서 강쇠를 만나 또다시 부부의 인연을 맺습니다. 그리고 놀기 좋아하는 사람들은 궁벽한 시골에서 살 수 없다고 생각해 도회지에서 살림살이를 시작합니다. 그런데 옹녀는 애써서 일을 하는데, 강쇠는 놀기만 합니다. 심지어 남의 재물을 강탈하고 옹녀를 때리기까지 합니다. 그래서 옹녀는 도회지를 떠나 산중으로 들어가 살 것을 제안합니다. 옹녀는 왜 도회지를 떠나자고 했을까요? 그녀는 올바른 선택을 한 것일까요? 도회지를 떠나면 문제를 해결할 수 있을까요?

- 나무를 해 오라는 옹녀의 말에 강쇠는 하는 수 없이 나무를 하러 나섭니다. 하지만 강쇠는 나무할 마음이 없습니다. 그렇지만 옹녀가 잔소리하는 것이 듣기 싫은 강쇠는 장승을 뽑아 지게에 얹고 집으로 돌아왔습니다. 강쇠는 왜 일하지 않으려고 할까요? 물론 강쇠는 놀기를 좋아합니다. 그렇지만 아무리 놀기를 좋아해도 일하지 않으면, 나무를 하지 않으면 살 수 없다는 것을 모르지는 않을 것입니다. 그럼에도 불구하고 강쇠가 이토록 놀기만 하려는 것은 왜일까요? 강쇠의 입장에서 생각해 봅시다.

- 강쇠는 장승들의 복수로 죽게 되었습니다. 죽기 직전에 강쇠는 옹녀에게, 3년 동안 무덤 곁을 지키고 3년이 지난 후에는 저승으로 찾아오라고 유언을 남깁니다. 옹녀의 형편에 삼년상을 지내는 것은 가능하지 않은 일입니다. 3년 후에 스스로 목숨을 끊어야 저승에서 강쇠를 만날 수 있으니, 이는 옹녀에게 매우 가혹한 부탁입니다. 남편으로서 제 구실도 못한 강쇠가 옹녀에게 이토록 당당하게 불가능하고 가혹한 유언을 남길 수 있는 것은 왜일까요?

- 강쇠가 죽자 옹녀는 중, 초라니, 풍각쟁이 패에게 장사를 치러 달라고 부탁합니다. 물론 강쇠의 유언대로 중, 초라니, 풍각쟁이 패는 죽게 되지요. 강쇠가 옹녀에게 접근하는 남자들은 죽음을 면치 못할 것이라 저주하는 유언을 남겼음에도 불구하고 옹녀가 중, 초라니, 풍각쟁이 패에게 함께 살 것을 제안하며 강쇠의 장사를 치러 달라고 한 이유는 무엇일까요? 옹녀의 부탁을 들어준 중, 초라니, 풍각쟁이 패는 과연 해서는 안 되는 일을 한 것일까요?

- 무당이 소리를 하고 뎁득이가 빌어서 붙었던 사람들과 송장이 떨어졌습니다. 그런데 뎁득이가 짊어진 강쇠와 초라니 송장은 떨어지지 않았습니다. 급기야 뎁득이는 등에 붙어 떨어지지 않는 송장을 갈아서 없애 버립니다. 참으로 기괴한 광경이라 할 수 있습니다. 송장을 갈아 없애는 이 기괴한 결말의 의미는 무엇일까요? 한번 생각해 봅시다.